赤い布の盗賊

栄次郎江戸暦 21

小杉健治

二見時代小説文庫

目次

赤い布の盗賊——栄次郎江戸暦21

『赤い布の盗賊――栄次郎江戸暦21』の主な登場人物

矢内栄次郎《やないえいじろう》……一橋治済《ひとつばしはるさだ》の庶子。三味線と共に市井《しせい》に生きんと望む。田宮流抜刀術の達人。

善右衛門《ぜんえもん》……鼻緒問屋「山形屋《やまがたや》」の主人。

善之助《ぜんのすけ》……山形屋の倅。おゆきと出会い、家を出る。

おゆき……善之助より二歳上の花川戸に住む酌婦上がりの女。

政吉《まさきち》……おゆきの兄。正業を持たない遊び人。

お民《たみ》……善右衛門が二年前に娶った後妻。善之助の二歳年上。

お秋《あき》……以前矢内家に女中奉公をしていた女。八丁堀与力・崎田孫兵衛の妾《めかけ》となる。

崎田孫兵衛《さきたまごべえ》……お秋を腹違いの妹と周囲を偽り囲っている、南町奉行所の年番方与力。

繁蔵《しげぞう》……赤間《あかま》の繁蔵と呼ばれる盗賊の頭《かしら》。押し込みを働く際に赤い布を身につける。

新八《しんぱち》……豪商や旗本を狙う盗人だったが、足を洗い徒目付《かちめつけ》矢内栄之進《えいのしん》の密偵となる。

正太《しょうた》……善右衛門とお民の間にできた子。

徳兵衛《とくべえ》……本所石原町《いしわらちょう》の助三郎店の大家。

幸兵衛《こうべえ》……三年ほど前から金貸しを始め、政吉を借金の取立てに雇い入れる。

杢太郎《もくたろう》……下谷坂本町にある「風扇堂《ふうせんどう》」の主人。

沢五郎《さわごろう》……眉が濃く苦みばしった顔の「風扇堂」の奉公人。

第一章　家　出

一

　若旦那が帰ってきましたと番頭から伝えられ、鼻緒問屋『山形屋《やまがたや》』の主人善右衛門《ぜんえもん》は伜善之助《ぜんのすけ》の部屋に急いだ。襖《ふすま》を開けると、善之助が手文庫の蓋《ふた》を閉めたところだった。

「また、出かけるのか」

　善右衛門は目を剝《む》いた。

「着替えに戻ったのです」

「金をとりにきたのだろう」

　善右衛門は憤然と言う。

「私のお金です」

善之助は顔を向けずに言う。

「昨夜もあの女のところだったのか」

「…………」

「そうだな」

「ええ」

「別れるのではないのか」

善右衛門は激しく言う。だが、善之助から返事はない。

善之助の様子が変わってきたのは半年前だ。吉原《よしわら》に遊びに行く回数が少し多いとは思っていたが、それほど目くじらを立てることではなかった。

ところが、外泊することが多くなってきた。それで番頭の増太郎《ますたろう》に調べさせたところ、行き先は吉原ではなかった。

花川戸《はなかわど》に住むおゆきという女の家に入り浸っているということだった。それがわかったのはふた月前で、すぐにおゆきのことを調べさせた。

おゆきは二十四歳で、善之助より二歳も年上だった。善之助はおゆきに夢中になっていたが、いくらなんでも嫁にしたいとまでは考えていまいと思っていた。善之助が持ち込まれた縁組の話を拒《こば》んだところから、不安になって確かめた。すると、善之助は嫁にしたいと言いだしたのだ。

当然ながら善右衛門はだめだと言った。商家の跡継ぎの嫁は商家の娘がふさわしい。酌婦をしていたような女に商家の内儀は務まらない。そう言って反対した。

それだけではない。おゆきには政吉《まさきち》という兄貴がいた。政吉は正業に就かず無頼《ぶらい》に過ごしている男だった。

だから親戚の者も大反対をし、みなで説き伏せた。それで、ようやく善之助は別れると約束したのだ。

しかし、おとなしくしていたのは、いっときだけで、また外泊が多くなった。そのときも、問い質《ただ》した。親戚の前でも、別れると約束したのだ。あれは嘘だったのかと。

今度こそ、別れろと、善右衛門は言い含めたのだ。だが、また裏切られたようだ。

「この前は今度こそ別れると言ったではないか」

善右衛門は強い口調で責めた。

「言ってません」

「なに、言ってないだと」

「私は黙っていました。おとっつあんが勝手に思い込んだだけです」

「なんだと」

確かに、おゆきと別れるように言い含めたとき、善之助から返事はなかった。だが、微《かす》かに頷いたのだ。

あのときの言葉もまったく効目はなかったのかと、唖然とするしかなかった。

あのあとも外泊が続き、きのうも店を閉めたあと、出かけて今朝帰ってきた。そして、また出かける。

「善之助、商売に身を入れるんだ」

「おとっつあん、おゆきと所帯をもたしてくれたら一生懸命働きます。だから、おゆきを認めてください」

またも善之助が言いだした。

「おまえはおゆきの兄の政吉がどんな男か知っているのか」

「…………」

「おまえはおゆきに金を上げているのだろう。その金は政吉に渡っているに違いない。それより、ほんとうに兄妹なのか」

「なんてことを。ふたりきりの兄妹です」

善之助はむっとしたように言い返した。

「おゆきを知ってからのおまえは商売に身がはいっていない。外泊も多くなった。おまえはたぶらかされているのだ。おゆきがどんな素姓か知れたものではない」

「…………」

「『瀬戸屋《せとや》』の娘との話もあるのだ」

「おとっつあん、そのことならお断りをしたはずです」

「ばかやろう。こんないい話を断る奴があるか。『瀬戸屋』と姻戚《いんせき》になれば、『山形屋』にとっても……」

「私にその気はありません」

「なんだと」

「おとっつあん、どうかおゆきに会ってやってください。会えば、わかってもらえます」

「わかったからといってどうなるのだ？」

「私はおゆきと所帯を」

「どこの馬の骨とも知れぬ女を『山形屋』に入れるわけにいかぬ」

「おゆきはやさしい女です」

「よく考えろ。おゆきを『山形屋』に入れたら、政吉という男とも親戚ということになる。あんな無頼な男が親戚になったら『山形屋』を食い物にされる。絶対に許さぬ」

「おとっつあん」

「いっとき、遊ぶだけなら目をつぶってやろう。だが、近いうちに別れるのだ。いいな」

「出来ません」

「目を覚ませ。おまえはあの女に目が眩《くら》んで物事がわからなくなっているのだ」

「おとっつあん」

「いいか。あの女と手を切るんだ。もし、子どもなど作ったらたいへんなことになる。それだけは気をつけろ」

善之助は俯《うつむ》いたまま返事をしなかった。

「おゆきとは遊びだ。絶対に嫁にはしない」

そう吐き捨てて、善右衛門は部屋を出た。

居間に戻ると、妻女のお民《たみ》が待っていた。お民は後妻だ。善之助の母親が五年前に病死をし、二年前にお民を妻にしたのだ。

善之助がお民となかなか打ち解けないのも、年が近いからかもしれない。善之助とお民は二歳違い。お民はおゆきと同い年なのだ。

「どうでしたか」

お民がきいた。

「また、出かけるそうだ」

「また？」

「着替えに戻っただけだと抜かしやがって」

「早くなんとかしないとたいへんなことになりますよ」

お民は心配して言う。

「もし、相手の女が身籠もったら……」

「わしもそれを心配している」

「他の男との子でも、善之助さんの子どもだと言い張るに決まっています。私は女だから、わかります。おゆきという女は性悪女《しょうわる》です。『山形屋』の財産を狙っているんですよ。早く手を打たないとたいへんなことになります」

お民は嘆くように、

「どうして、善之助さんはそんな女にひっかかってしまったのかしら」

と、ため息をついた。

「わしがおゆきにあって別れるように言おう」

「ただじゃ、別れませんよ」

「うむ。手切れ金として十両は出さねばなるまい」

「十両では満足しませんよ」

「………」

「『山形屋』の財産を狙っている女です。百両か二百両を要求してくるかもしれませんせん」

「あんな女にそんな金はやれぬ」

善右衛門はきっとして言う。

「いずれにしろ別れませんよ」

お民は言い、

「こうなったら、思い切ったことを」

「思い切ったこと?」

善右衛門はお民を見た。

「まさか」

お民の言わんとしていることがわかって、善右衛門は息を呑んだ。

「勘当《かんどう》しろと言うのか」

「『山形屋』を守るためですよ。このままでは、あの女は強引に乗り込んできますよ。その前に勘当したら、善之助さんは一文なしです。一文なしとわかったら、あの女は善之助さんから離れて行きますよ」

「…………」

息子が罪を犯せば、連座制で親や親戚にも累《るい》が及ぶ。身持ちの悪い伜が悪い仲間とつるんでいるなら、連座を避けるためにも勘当を願い出て、人別帳《にんべつちょう》からはずしてもらうほうがいい。

勘当の届書は親類・五人組・町役人《ちょうやくにん》の連署で、名主《なぬし》を通して奉行所に出すのだ。この手続きを踏めば善之助を勘当することが出来る。そうなれば親子関係はなくなり、善之助がどんな悪事を働こうが、もう累は及ばない。

しかし、そうなれば善之助は人別帳から外され、無宿者《むしゅくもの》になってしまう。そのことを考えると不憫《ふびん》だった。

「完全にふたりの縁が切れたら勘当を解けばよろしいじゃありませんか。何かあってからでは、遅いですよ。もしかしから、政吉という男に唆《そそのか》されて善之助さんはあらぬことをしでかすかもしれません。いえ、もうやっているかもしれません」

「あらぬこととはなんだ？」

「『山形屋』の名で、あちこちから金を借りることです。『山形屋』の跡継ぎであれば、相手は信用していくらでも貸すでしょう」

「まさか……」

「『山形屋』に入り込むことが無理だとわかったら、そういうことまで仕出かしかねませんよ。善之助さんの熱が冷めてないのなら、そうしたほうがいいのでは……」

「うむ」

「おまえさん」

勘当か、と善右衛門は呻《うめ》くように呟《つぶや》き、

「ともかく、一度おゆきと会ってみよう」

なんとか勘当などせずに済むようにしたかった。

「私が会ってみましょうか」

「おまえが？」

「はい。女同士ですから相手も思っていることを口にするかもしれません」

「そうよな」

善右衛門は考えた末に、

「よし」

と膝をぽんと叩き、

「すまないが、そうしてもらおうか」

「はい」

「今度、善之助が家に帰ってきたら、こっそり会いに行ってもらおう。番頭の増太郎に家は案内させる」

「わかりました」

お民は頷《うなず》いた。


善之助はおゆきとともに亀戸天満宮《かめいどてんまんぐう》にやって来た。二月に入って各地の梅もほころびだして、まだ満開ではないが今は白い花が見事に咲いている。

梅見に来ている男女も多く、境内はいっぱいだった。

善之助はおゆきといっしょだと心が弾《はず》んだ。おゆきも楽しそうだった。運命だったのだと、梅の花の下を歩きながら、善之助は思った。

半年前のことだ。中秋《ちゅうしゅう》の名月に、善之助は待乳山《まっちやま》に行った。月の名所で、待乳山聖天《しょうでん》の境内には大勢のひとが大川《おおかわ》に向いた場所に集《つど》っていた。

その暗がりの中にくっきり浮かび上がった牡丹《ぼたん》のようなひと影。思わず、見つめた目に美しい女の顔が飛び込んできた。

女は恥じらうように顔を背《そむ》け、引き上げて行った。善之助はいっしょにいた仲間に何も告げず、無意識のうちに女のあとをつけた。

女は拝殿に手を合わせてから引き返した。ひとりで来ていたようだ。

善之助は後先のことも考えず、ただ導かれたように女のあとをつけ、大川のほうに向かった。

途中で、女が善之助に気づき、急に足早になった。逃げたのだ。善之助はあわてた。女を驚かせてしまったという自責《じせき》の念と、身の潔白を訴えたいという思いとで、善之助も駆け足で追った。

女は花川戸のある家に逃げ込んだ。善之助は閉められた格子戸の前に立って、「すみません。驚かせて。つい、あとをつけてしまいました。許してください」

と、夢中で訴えた。

しばらく待ったが返事がないので、もう一度謝り、善之助は踵《きびす》を返した。そのとき、戸が開く音がした。

善之助は振り返った。戸口に、さっきの女が立っていた。善之助は声も出せず、ただ女を見つめていた。女も黙っていた。

はっと我に返って善之助は頭を下げた。女も軽く会釈をした。

そのとき、いきなり声がした。

「何しているんだ？」
二十六、七歳の細面《ほそおもて》で目尻のつり上がった男が女と善之助を交互に見た。そして、善之助に向かって、
「てめえ。おゆきにちょっかいを出しに来たのか」

と、腕まくりをした。

「違います」

善之助はうろたえて答えた。

「兄さん、違うの」

女が駆けつけ、男と善之助の間に立った。

「誰でえ、この男は？」

「このひとは……」

女は言いさした。

「私は田原町《たわらまち》にある『山形屋』の伜で善之助と言います」

「『山形屋』だと？　あの鼻緒問屋の『山形屋』か」

「はい」

「そうか。おゆき、上がってもらえ」

男が女に言った。女がおゆきという名であることを知った。

「でも」

おゆきは困惑していた。

「お邪魔してもよろしいですか」

善之助は思わず口にしていた。

「よろしければ」

女は遠慮がちに言った。

それから家に上がり、三人で酒を呑んだ。これがおゆきとの出会いだった。それから、善之助はおゆきの家を訪れるようになった。

運命だったのだと、善之助はまた思った。

「えっ、何か仰《おつしや》って」

おゆきが聞き咎《とが》めてきいた。つい口に出してしまったようだ。

「いや、なんでもない。甘酒でも飲もうか」

池の向こうに水茶屋が見える。

「ええ」

おゆきは素直についてくる。

おゆきは政吉という兄とふたり暮らしだった。おゆきは家で子どもたちに読み書きを教えていた。

政吉は何をしているかわからない。堅気《かたぎ》の稼業ではないだろう。ふたりはどういう生まれで、親はどうしたのかも言おうとしなかった。

おゆきの華やかな顔立ちの中に憂いが潜んでいるのがわかる。不幸の翳《かげ》がおゆきを覆っているようだ。そんなおゆきに手を差し伸べてやらなくてはならない。おゆきを守ってやれるのは自分だけだと、善之助は思っている。

水茶屋に入り、床几《しょうぎ》にかかった緋毛氈《ひもうせん》に腰を下ろす。やって来た茶汲み女に甘酒をふたつ頼んだ。

「疲れたんじゃないのか」

善之助は声をかける。

「だいじょうぶよ」

「そう」

甘酒が運ばれてきた。

「お熱うございますから」

と、茶汲み女は注意をして、ふたりの間に甘酒の入った湯呑みを置いた。

「晴れていて気持ちがいいわ」

初春の風は冷たいが、陽射しは柔らかく暖かかった。

「おいしい」

甘酒を一口啜って、おゆきが言う。

「ほんとうに熱い」

善之助はふうふうしてから甘酒を口に運んだ。

「来年もいっしょに梅見に来られるかしら」

おゆきがふと呟いた。

「何を言っているんだ。来年も再来年も、ずっといっしょだ」

「ありがとう。でも、善之助さんのお父さまが許すはずないわ」

「許すも許さぬもない。俺はおゆきと別れたりしない」

「いけないわ」

「何がいけないのだ？」

「お父さまと喧嘩なさっては」

「喧嘩はしない。いつか許してもらう。それまでの我慢だ」

「…………」

「どうした？」

「無理よ」

「無理じゃない」

善之助は力《りき》んで言った。

甘酒を飲み干して、勘定を払い、水茶屋を出た。

すれ違った年増《としま》の女が善之助を見て、あらっと声を上げた。善之助も気づいて顔を向けた。しかし、女は会釈をしただけで拝殿のほうに歩いて行った。

「どなた？」

「浅草黒船町《くろふねちょう》に住むお秋《あき》というひとだ。南町奉行所与力《よりき》の崎田孫兵衛《さきたまごべえ》さまの妹さんだ。商売で揉め事があったときなどのために懇意にしている」

「そう」

おゆきは小さな声で言う。

「さあ、帰ろうか」

亀戸天満宮の鳥居《とりい》を出て、吾妻橋《あづまばし》に向かった。おゆきは何かを考えているのか口数が少なくなった。

お秋とすれ違ってからだ。いや、南町奉行所与力の妹だと知ってからかもしれない。奉行所に何かいやな思い出でもあるのか。善之助はそう思ったとたん、おゆきの過去に目がいきそうになったが、あわてて首を横に振った。よけいなことは考えまい。今のおゆきが自分には必要なのだ。善之助はそう自分に言い聞かせた。

二

翌朝、矢内栄次郎《やないえいじろう》は本郷《ほんごう》の屋敷から切通しの坂を下り、御徒町《おかちまち》を経て元鳥越町《もととりごえちょう》にある杵屋吉右衛門《きねやきちえもん》の家にやって来た。

栄次郎は御家人の矢内家の部屋住《へやずみ》である。武士でありながら栄次郎は名取《なとり》で杵屋吉《きち》栄《えい》という名をもらっている。

格子戸を開けると、土間に履物はなく、まだ他の弟子は来ていなかった。

栄次郎はすぐ師匠の前に向かった。

吉右衛門は横山町《よこやまちょう》の薬種問屋の長男で、十八歳で大師匠に弟子入りをし、二十四歳で大師匠の代稽古を務めるまでになったほどの天才であった。

「失礼します」

栄次郎は見台《けんだい》の前に座った。

「正月はご苦労さまでした」

師匠がにこやかに言ったのは、市村座《いちむらざ》で、役者の羽三郎《うさぶろう》が越後獅子《えちごじし》を踊り、その地方《じかた》に栄次郎も出て、立三味線《たてじゃみせん》を受け持ったのである。

「たいへん評判がよかったそうです。これからもますます精進して芸道に邁進《まいしん》していってください」

「よろしくお願いいたします」

栄次郎は頭を下げた。

この日は簡単におさらいをして栄次郎は師匠の家を引き上げた。

いつもは師匠の家を出たあと、浅草黒船町のお秋の家に向かうのだが、きょうは田原町にある三味線屋に寄って行かねばならなかった。

新堀川《しんぼりがわ》に沿って田原町に向かった。

三味線屋の土間に入ると、職人の多助《たすけ》が会釈をした。

「三味線でしたら、こちらからお持ちいたしましたのに」

皮が破れ、張り替えを頼んでいたのだ。

「それでは申し訳ありませんから」

「構いませんよ。お急ぎでなければ、あとでお持ちいたします」

「そうですか。そうしていただきましょうか」

栄次郎は三味線の稽古のためにお秋の家の二階一部屋を借りているのだ。

「そうそう、お客さんが市村座に行ったそうでして、立三味線がよかったと褒《ほ》めておりましたぜ」

「それは恐縮です」

「なかなか口のうるさいお客でしてね。そのひとが褒めていたんですから、吉栄さんもたいしたものでございます」

「お世辞でもうれしいとお伝えください」

「お世辞なんて言うようなひとじゃありませんぜ」

職人に礼を言い、栄次郎は店を出た。

しばらく歩いて行くと、路地から荷を背負った小間物屋が出て来た。辺りを見回し、栄次郎と目が合うと、すぐに顔を背《そむ》け、栄次郎から逃げるように小走りになった。

栄次郎の目に赤い残像があった。小間物屋の足首だ。赤い布が巻いてあったように思えた。

栄次郎は小間物屋が出て来た路地に目をやった。遊び人ふうの男が反対側に去って行く後ろ姿が見えた。栄次郎は男の足元を見た。

はっきりわからなかったが、赤いものが目に残った。

小間物屋と遊び人ふうの男とは今までいっしょだったのだろうか。気になって、栄次郎は路地の奥に向かった。

特に変わった様子はなかった。反対側の路地の出口まで行って、引き返した。途中、塀の内側の土蔵が見える大店《おおだな》の裏口の前で足を止めた。

まさか、さっきのふたりはこの裏口を気にしていたのではと思った。というのも、崎田孫兵衛から押込《おしこ》みの話を聞いたばかりだったからだ。

念のために表にまわってみた。大店が並ぶ中でも、一際大きな店があった。鼻緒問屋の『山形屋』だ。

さっきの裏口はこの『山形屋』のようだ。

まさかとは思いながら、栄次郎は駒形町《こまがたちょう》から黒船町に向かった。

亡くなった矢内の父は一橋家《ひとつばしけ》二代目の治済《はるさだ》の近習番を務めており、謹厳なお方で、母もまた厳しいお方であった。

部屋住の身であっても、栄次郎が三味線に現《うつつ》を抜かすことを許すはずがなく、やむなくお秋の家を三味線の稽古用に借りている。お秋は昔矢内家に女中奉公していた女であり、今は南町与力の崎田孫兵衛の妾《めかけ》になっていた。もっとも世間には腹違いの妹ということにしている。

お秋の家に着き、二階の小部屋に上がる。

もう一丁の三味線で稽古をはじめた。師匠からの褒め言葉は有り難かったが、それで有頂天になることはなかった。いくら褒められても師匠の域に達するにはまだまだだと自覚している。

しばらくしてから三味線屋が栄次郎の三味線を持ってきてくれた。手にとって、糸を弾くと、軽やかな音が響いた。

「上等です」

栄次郎は満足して三味線を脇に置いた。

「多助さんはご自分でも端唄《はうた》を教えているのですか」

「男の私じゃ男の弟子はつきません。やはり、芸者上がりの小粋な師匠でないとね。ですから、私はささやかに女子衆《おなご》に」

「では、あの界隈の娘さんか内儀さんらに」

「まあ、頼まれればです。看板を出して本格的に教えているわけではありません」

「そうですか。でも、皮の張り替えと端唄の師匠ですか。お忙しいでしょうね」

「たいしたことじゃありません。じゃあ、長居してもお稽古の邪魔でしょうから」

「あっ」

栄次郎は思いついて声をかけた。

「多助さんの家の近くに鼻緒問屋の『山形屋』がありますね」

「ええ、あります」

「『山形屋』のひととつきあいはあるのですか」

「いえ。『山形屋』のお方はどなたも三味線をなさいませんので」

多助は答えてから、

「『山形屋』さんが何か」

と、不思議そうにきいた。

「いえ、なんでもありません。ただ通りがてら、大きな店だと思って見たもので」

「そうですか。では」

多助は立ち上がった。

栄次郎は階下まで見送った。

多助が帰ったあと、栄次郎はお秋にきいた。

「今夜は崎田さんはいらっしゃいますか」

「ええ、来ます。まさか、来るなら早く引き上げるだなんて言うんじゃないでしょうね」

お秋が睨《にら》むような目つきをした。

「違います。ちょっとお訊《たず》ねしたいことがあるのです」

「そう」

孫兵衛は酒癖があまりよくなく、お秋が栄次郎を贔屓《ひいき》にするせいか、以前はよく絡《から》まれた。だが、最近は栄次郎のことを認めてくれて、変に絡むようなことはなくなった。

「じゃあ、来たらお呼びしますから」

「お願いします」

栄次郎は二階に上がって三味線の稽古をはじめた。

三味線に没頭しているうちに部屋の中は薄暗くなった。お秋が行灯《あんどん》に灯を入れにきた。

暮六つ（午後六時）前に崎田孫兵衛がやって来た。

お秋に声をかけられ、栄次郎は三味線を片づけて階下に行った。

孫兵衛は長火鉢の前にでんと構えて酒を呑みはじめていた。奉行所の与力とはとうてい思えない。奉行所では決して見せたことのない顔に違いない。

「さあ、栄次郎どのにも注いでやれ」

孫兵衛はお秋に言う。

「はい、栄次郎さん」

お秋が徳利を摑んだ。

「すみません。では、いただきます」

栄次郎は猪口《ちょこ》を口に運んだ。

「栄次郎どの。わしに何かききたいことがあるそうだの」

孫兵衛が口にした。

「はい。以前、崎田さまから盗賊の赤間《あかま》一味の話をお聞きしました」

「うむ。赤間の繁蔵《しげぞう》だな」

「そうでした。頭《かしら》が赤間の繁蔵」

「それがどうした？」

「赤間の繁蔵はここ何年も押込みをしていないと？」

「そうだ。三年前に麹町《こうじまち》の酒問屋に押し入ったのが最後だ」

「なぜ、その後、動きを止めたのでしょうか」

「わからぬ。酒問屋の押込みのあと、江戸を離れたのかもしれぬ」

「他で、赤間一味が押込みをしたという形跡はあったのですか」

「いや、ない」

「では、押込みをしていないかもしれないのですね」

「そうだな」

孫兵衛は思案しながら、

「もしかしたら、赤間の繁蔵の身に何かあったのではないかという見方もあった」

「と、仰いますと？」

「赤間一味は表向きは正業について堅気を装っていた。三年前、押込みから少しして、深川《ふかがわ》で火事があった。佐賀町《さがちょう》の油問屋から火が出て、辺り一帯を焼きつくした。その火事で火元に近い商家も全焼し、主人と番頭が焼け死んだ」

「…………」

「『倉田屋《くらたや》』という道具屋だ。黒こげの死体はひとりは大柄で、もうひとりは中肉中背の男だったので、顔はわからなくても主人と番頭に間違いなかった」

　孫兵衛は眉根を寄せ、

「それがどうして赤間の繁蔵という疑いがかかったかというと、焼け跡から赤い煙管《キセル》が見つかっていたからだ」

「赤い煙管？」

「そうだ。熱で溶けかかっていたが、赤い色のようだった。押込み先で、主人に土蔵の鍵を出させるときに、赤間の繁蔵は余裕たっぷりに煙草《たばこ》を吸った。そのとき使っていたのは赤い煙管だ。もし、煙管が赤だったら、赤間の繁蔵かもしれない」

　孫兵衛は言ってから、

「赤間の繁蔵が商家の主人を装っていたのかどうか、わからない。ただ、その後、赤間一味が盗みを働いていないことから、あの火事で死んだ男が赤間の繁蔵と子分だったのではないかという思いが強まった。だが、そうだという証《あかし》はないままだ」

「もし、死んだのが赤間の繁蔵と番頭だとしても、他の子分は生きていることになりますね」

「子分といってもひとりだけだ」

「ひとり？」

「そうだ。赤間一味は寄せ集めだ。繁蔵のほんとうの子分はふたりだけだったと見られている。押込みをするときは必要に応じて押込みの仲間を集めていたようだ」

「赤間一味はみな足首に赤い布を巻いていたそうですね」

栄次郎は確かめた。

「寄せ集めなので仲間であることをお互いに確かめるために体のどこかに赤い布をつけて目印にしていたようだ」

「足首とは決まっていなかったのですか」

「そのときによって違う。あるときは手首だったり、首に巻いていたり……」

ふいに言葉を切り、孫兵衛はまじまじと栄次郎を見つめ、

「いったい、なぜ、そんなことを?」

と、不思議そうにきいた。

「じつは足首に赤い布を巻いた小間物屋を見かけたのです。それで、崎田さまからお聞きした赤間の繁蔵の話を思い出したのです」

「足首に赤い布?」

「どこで?」

「田原町にある鼻緒問屋『山形屋』の裏です」

「赤間一味が下見《したみ》をしたと思ったのか」

「その小間物屋は遊び人ふうの男といっしょだったようなのです。そのことも気になりまして」

孫兵衛は顔を横に振った。

「それは赤間一味ではないな。赤間一味は押込みの際に赤い布を目印にするのであって、下見のときにはそんなことはしない」

「なるほど」

栄次郎は素直に頷いた。

「ただ」

孫兵衛は眉根を寄せ、

「仮に赤間の繁蔵が火事で死んだとしても、ひとりだけ子分は生きているはずだ。そいつが赤間一味を蘇《よみがえ》らせることは十分に考えられる」

「子分のことはまったくわかっていないのですね」

「そうだ」

孫兵衛は苦《にが》そうに酒を呑み干した。

「崎田さまは『山形屋』とは？」

「懇意にしている」

孫兵衛は言った。

『山形屋』から付け届けをもらっているということだ。

「気になるのか」

「考えすぎだとは思いますが」

栄次郎は念のためにきいた。

「山形屋』の主人の名は？」

「善右衛門だ。善之助という二十二歳になる伜と後添いのお民との間に二歳の子がいる。善之助の母親は五年前に病死し、二年前に今の内儀を後添いにした。後添いは、善之助とは二歳しか違わない」

「若いのですね」

「どこかの商家の娘らしく、しっかりした女子のようだ」

「そうですか」

「そんなに気になるなら、善右衛門と引き合わせようか」

「いえ、そこまでは」

思い込みに過ぎず、いたずらに脅かす真似はしたくないと思った。

「もし、赤間の繁蔵のことで何かわかったら教えてください」

そう言い、栄次郎は立ち上がった。

お秋に見送られ、栄次郎は帰途についた。


本郷の屋敷に帰ると、御徒目付《おかちめつけ》の兄栄之進《えいのしん》はすでに帰っていた。

部屋に戻るとき、

「栄次郎。あとで来てくれ」

と、栄之進が顔を出した。

「すぐ、伺います」

栄次郎は自分の部屋に入り、刀を刀掛けにかけ、着替えてから兄の部屋に行った。

部屋の真ん中で差し向かいになると、兄が切り出した。

「栄次郎、わしは……」

気負い込んで口にしたものの、兄の声が止まった。言いづらいのだと察して、

「ひょっとして、美津《みつ》どののことですね」

と、栄次郎は先回りした。

「うむ」

兄は頷いた。

美津は大身《たいしん》の旗本、書院番《しょいんばん》の大城清十郎《おおしろせいじゅうろう》の娘だ。兄との縁組の話が出ていた。はじめは兄はその気はなかったのだが、美津に会ってから兄の気持ちに変化が起きたようだった。美津を気に入ったということだ。

「お決めになりましたか」

栄次郎はきいた。

「すまない」

「何を謝られますか」

栄次郎はあわてて兄の顔を覗き込む。

「わしが後添いをもらえば、そなたも」

母は何度か栄次郎に縁組をもち込んできた。そのたびに、栄次郎は兄が済んでからと先延ばしにしてきたのだ。

兄が後添いをもらえば、次は栄次郎だと母はしゃかりきになってくるだろう。今度は断る理由がなくなる。

それより、兄嫁がこの家に入って住人がひとり増えれば屋敷は手狭になり、栄次郎は出て行かねばならなくなる。

「兄上。私の心配ならご無用です。お秋さんの家に移ります」

栄次郎は明るく言う。

「待て。そのことだが、離れを造る。そこで暮らせ」

「兄上、そのような気遣いは不要です」

「いや、母上とておまえに出て行かれるのは寂しいのだ。わしとて、そなたがいなくなると心細い。ぜひ、そうさせてくれ」

兄は頭を下げて言う。

「兄上。お顔をお上げください」

栄次郎は笑みを浮かべ、

「ともかくも、おめでたいことではありませんか」

「そうよな」

兄はやっと顔を綻《ほころ》ばせた。

「母上もお喜びでしょう」

「母上も美津を気に入っている」

「兄上。これから少し呑みましょうか。ささやかなお祝いを。今、お酒を持ってきます」

栄次郎は立ち上がった。

その夜、栄次郎は兄と遅くまで呑んで語らった。

三

翌日の昼前、外出先からお民が帰ってきた。

「どうだった?」

部屋に入るなり、善右衛門は待ちかねてきいた。

「いけません」

お民は厳しい顔で顔を横に振った。

「いけないとは?」

お民が部屋の真ん中に腰を下ろすと、善右衛門も向かいに座った。

「百両を出して、これで善之助さんと手を切ってくださいと言うと、百両を押し返し、善之助さんとは何があっても別れないと言い切りました」

「そうか」

善右衛門は握りしめた拳《こぶし》を震わせた。

「そればかりか、私は善之助さんのおかみさんになりますと言うのです。そんなことは、旦那さまが許しませんと言うと、私と善之助さんの絆《きずな》はどなたにも断ち切ることは出来ないと笑っていました。私は悔しくて……」

お民は袂《たもと》で涙を拭った。

「なんという女だ」

「こうも言いました。ほんとうに善之助さんと別れさせる気なら一千両を用意しろと」

「一千両……」

「あの女、おとなしそうな顔をしていますが、上辺を剝《は》げば下は夜叉《やしゃ》です。おまえさん、このままじゃ善之助さんだけでなく、『山形屋』だって乗っ取られてしまいますよ」

「うむ」

善右衛門は胸がはりさけそうになった。

「おまえさん。この前も言ったように、善之助さんを一時的に勘当するしかありません。勘当されて無一文になった善之助さんを、あの女は持て余すようになります。女と別れたら、改めて呼び戻せばいいじゃありませんか」

「そうだな」

善右衛門は目を閉じた。

善之助を勘当することに素直に従えなかった。可愛い我が子をたとえいっときのこととはいえ親子の縁を切ることは五体を引きちぎられるに等しい。

だが、他にどんな手立てがあるというのか。

「子どもが出来たら、どうなさいます？　この先、その子に『山形屋』を渡すことになります。そんなこと堪えられません」

お民は袂で目を覆い、

「もし、あの女がこの店に乗り込んでくるのなら私は出て行きます」

「お民」

善右衛門は愕然とした。

「わかった。今夜、もう一度、善之助と話し合う。あの女と別れないと言ったら、心を鬼にする」

「決して憎くて勘当するのではありません。おまえさんも辛いでしょうけど善之助さんのためです。心を鬼にして」

お民は熱心に言う。

「わかった」

善右衛門は深くため息をついた。


その夜、仕事を終えたあと、善右衛門は善之助を居間に呼んだ。

「おとっつあん、お話なら手短に願います」

「また出かけるつもりか」

「はい」

「あの女がそんなにいいのか。騙《だま》されているのがわからないのか」

「おゆきはそんな女じゃありません」

「はっきり言う。あの女とは別れるのだ」

「…………」

「わかったか」

「出来ません」

「善之助……」

善右衛門は絶望的な声を出した。

「仕方ない。善之助、おまえは勘当だ」

「えっ？」

善之助が目を見開いた。

「あの女と別れなければこうするしかない」

「おとっつあん。おゆきと会ってください。会えば、わかります」

「お民が会ってきた」

「えっ。お継母《かあ》さんが？」

善之助は顔色を変えた。

「まさか、別れさせようと……」

「あの女が金目当てだとはっきりした。あの女と別れたら、許してやる」

「おとっつあん」

善之助の顔つきが険しくなった。

「わかりました。勘当なり、なんとでもしてください。私はここを出て行きます」

善之助は立ち上がって部屋を出て行こうとした。

「待て、善之助」

善右衛門は呼び止めた。

「あの女のところに行くのは許さぬ」

「おとっつあんこそ、あの女にたぶらかされているんですよ」

「あの女？　お民のことを言っているのか。そうか、おまえはお民に反発してぐれてしまったのか」

「私を勘当するのは、あの女の狙いどおりじゃありませんか。いずれ、正太《しょうた》を跡継ぎにするつもりでしょう」

「お民はそんなことは思っていない。おまえをわしの跡継ぎにすることは、お民も承知のことだ」

「どうせ、私を勘当しろと言ったのも、あの女でしょう。私が出て行けば、もうあの女の思いどおりですね」

善之助は口許を歪めた。

「なんだ、その言いぐさは」

善右衛門もかっとなった。

「おとっつあん、お達者で」

善之助は居間を飛び出したが、すぐ立ち止まった。お民が前に立ちふさがった。

「善之助さん。私は正太にはこの店を継がせませんよ。この店を継ぐのはあなたです。そのあとは、あなたがこれから所帯を持って生まれてくる子です。そのことはおとっつあんとちゃんと話し合っています」

お民は哀願するように、

「お願い、善之助さん。目を覚まして」

「目を覚ます？　おゆきに何を言ったのですか」

「私の言うことなんか聞く耳を持っていなかったわ。あなたに見せる顔と私に見せる顔は全然別なのよ」

「どいてください」

「いえ、どきません。お願い、あの女のところに行ってはだめ」

お民が善之助にしがみついたとき、善之助はお民を突き飛ばした。あっと悲鳴を上げて、お民は廊下に倒れた。

善之助はすぐに自分の部屋に行った。そして、手文庫から自分の金と着物を風呂敷に包み、それを持って部屋を出て来た。

「出て行くつもりか」

善右衛門は声が震えた。

「おゆきといっしょでなければ、二度とこの家の敷居は跨《また》ぎません」

善之助は善右衛門の脇をすり抜けて行った。

善右衛門は愕然として追う気力もなく立ち尽くしていた。

善之助は花川戸のおゆきの家の格子戸を開けた。

奥からおゆきが出て来た。

「まあ、善之助さん。どうなさったのですか、そんな怖い顔をして」

「家を出て来た」

善之助は憤然と言った。

「出て来た？　とにかく上がって」

おゆきは勧める。

善之助は部屋に上がった。

坪庭が見える部屋で、善之助はおゆきと差し向かいになった。

「あの女が来たそうだな」

善之助は怒りを押さえてきく。

「ええ」

おゆきは俯いた。

「別れろと言いに来たそうじゃないか」

「ええ、百両出して……」

「ふざけやがって」

「でも……」

おゆきは言いよどんだ。

「なに？」

「家を出て来ちゃいけないわ。私のために道を誤っては……」

「おとっつあんはおまえと別れなければ俺を勘当すると言ったんだ。おまえと別れるつもりはない」

「うれしいわ。でも、これからどうするつもりなの？」

「何かをはじめる」

「そう……」

「どうしたんだ？　俺がここに居ついたちゃ迷惑なのか」

善之助はおゆきの態度に不審を持った。

「そうじゃないの」

「でも、さっきから様子がおかしい」

「それは……」

おゆきは言い淀んだが、

「この家を出て行かなくてはならなくなったの」

「出て行く?」

「この家のご主人が今月末に江戸に帰ってくることになったんです。だから、それまでに他に部屋を探さないと」

「そうか。それならいっしょに探そう」

「でも」

「まだ、何か」

「だって、部屋を借りるにしても裏長屋しか無理よ」

「俺ならだいじょうぶだ」

「何不自由なく育った善之助さんに裏長屋暮らしなんか」

「おまえといっしょならどんな辛抱でも出来る。おまえといっしょになれないなら死んだほうがましだ」

善之助は昂《たかぶ》ってきて、

「おゆき。俺はおまえといっしょになるんだ」

「うれしいわ。私も善之助さんといっしょならどんな苦労にも堪えられます」

おゆきは善之助の胸にしがみついてきた。

おゆきの肩を抱き寄せ、

「これが俺の生きる道だったんだ。おまえに比べたら、『山形屋』の身代なんてくそ食らえだ」

そのとき、格子戸の開く音がした。

急いでおゆきと離れる。襖が開いた。

「善之助さんか。来ていたのか」

政吉だった。

「兄さん。善之助さんは家を出て来たんですって」

そばにあぐらをかき、政吉は善之助の顔を恐ろしい形相で睨みつけた。

「なに、家を出た？」

「おゆきさんと別れなければ勘当すると言われました」

善之助はことの成り行きを話した。

政吉は煙草盆を引き寄せ、煙草入れから煙管を取り出した。器用な手付きで刻みを詰め、火をつける。

煙を大きく吐いてから、

「善之助さん。それならもう『山形屋』に戻れねえじゃねえか」

「はい」

「一文なしってわけだ」

「少し持っています」

善之助は懐に手をやった。

「いくらだ？」

「十両です」

「すぐ底を突く」

「それまでに仕事を見つけます」

「何が出来るんだ？」

「何って……。なんでもやります」

「力仕事はどうだ？」

「…………」

「天秤棒《てんびんぼう》を担いで振り売り出来るか」

政吉は口許を歪め、

「まあ、若旦那には無理だな」

「そんなことはありません。その気になればなんでも出来ます」

「そんな甘いもんじゃねえ」

「…………」

「親父さんに詫びを入れて戻るんだ」

「とんでもない。おゆきさんと別れなきゃ許してくれません。そんなつもりはありません から」

「別れたと偽って戻るんだ。隠れてつきあえばいいじゃねえか」

「出来ません」

「なぜ、出来ねえ」

「それじゃ、おゆきさんが可哀そうです」

善之助はおゆきの顔を見て言う。

「じつはな、じきにこの家を追い出されるんだ」

「聞きました」

「ここはただで貸してもらえていたからいいが、これから自分で金を出さなきゃならねえとなると、裏長屋しか無理だ」

「はい」

「そんなところで暮らせるか」

「おゆきさんといっしょなら」

「ちっ」

政吉は顔をしかめ、煙草盆の灰吹に灰を落とし、新しく刻みを詰めた。

「俺はな」

火を点《つ》けてから、政吉は顔を向けた。

「おめえが『山形屋』の伜だっていうんで喜んでいたんだ。それがただの男になったんじゃ、俺の当てが外《はず》れちまうじゃねえか」

「兄さん、私はそんなこと」

おゆきがたしなめるように言う。

「俺はおめえが『山形屋』の嫁になれることを期待したんだ」

「兄さん。善之助さんが『山形屋』に関係があろうがなかろうが、私はついていきます」

「仕方ねえ。今後のことは俺に任せろ」

政吉は煙りを吐いて言い、何か考え込んだ。

善之助は政吉の厳しい顔に微《かす》かな不安を持った。政吉は『山形屋』に執着している。

やはり、政吉は……。

いや、そこまで考えまい。自分にとって大事なのはおゆきなのだ。おゆきは『山形屋』と縁のなくなった俺についてきてくれると言ってくれたのだと、善之助はその気持ちに縋《すが》ろうとした。

四

翌日の朝も栄次郎はいつものように庭に出て素振りをした。田宮流居合術《たみやりゅういあいじゅつ》の達人である栄次郎は毎日の鍛錬を欠かさなかった。

風に揺れる柳の小枝に狙いを定め、居合腰から抜刀し、寸前で切っ先を止め、鞘《さや》に納める。それを何度も繰り返すのだった。

半刻（一時間）ほど、汗を流して切り上げる。この素振りは三味線の稽古と同じでどんなときにも欠かしたことはなかった。

昨夜は兄は宿直《とのい》で、朝餉《あさげ》は栄次郎だけだった。

朝餉のあと、栄次郎は母に呼ばれた。いよいよ来たかと、栄次郎は気が重いまま、母の待つ仏間に行った。

「失礼します」

栄次郎は襖を開けて入った。母は仏壇の前に座って手を合わせていた。父の位牌と兄嫁の位牌が並んでいる。

兄嫁は病気で若死にし、兄の落胆は甚《はなは》だしかった。立ち直るまで何年もかかった。後添いの話をずっと断り続けてきたのだ。

母が仏壇から離れ、代わって栄次郎が仏壇の前に座った。

仏壇から離れ、栄次郎は母と向かい合った。

「栄之進から聞きましたか」

母が切り出した。

「美津どののことですね」

「そうです」

「兄上も仕合わせそうでした」

栄次郎は警戒ぎみに言う。

「ええ、気に入ったようです。これで母も安堵いたしました」

「はい」

「あとは」

「母上」

栄次郎は母の言葉を遮《さえぎ》った。

「兄上が祝言を挙げられるまでは、私は自分のことは考えないようにしたいのです。まず、兄上を第一に考えまして」

だから、自分の縁談は先延ばししたいと訴えたのだ。

「栄之進は美津どのが当家に輿入《こしい》れしても栄次郎には家に残って欲しいそうです。栄之進の希望でもありますし、この屋敷を増築しようと思います」

「えっ？」

「何を驚いているのですか」

「いいえ。いいのですか」

「栄之進の望みですから」

母もそのことを望んでいることを、栄次郎は知っている。

「そうしていただけると、私もうれしいです」

「そうですか。では、その手配をいたしましょう。それはさておき、次は栄次郎の番です。よろしいですね」

「はい」

半拍の間を置いて、栄次郎は答えた。

「では、これから出かけてきます」

栄次郎は挨拶して立ち上がった。


栄次郎は本郷の屋敷を出て、湯島の切通しを下り、そのまま御徒町を突き抜ける。きょうは師匠の稽古日ではなく、浅草黒船町に向かった。

新堀川に差しかかったとき、ふと『山形屋』を思い出した。やはり気になって、田原町にまわってみることにした。

『山形屋』の前を通り、路地に入って『山形屋』の裏口に行ってみた。

あっと思った。裏口に遊び人ふうの男が立っていた。栄次郎に気づくと顔を向けたが、すぐに何事もなかったかのように反対方向に去って行った。

細面で目尻がつり上がった二十六、七歳の男だ。足首を見たが、赤い布はなかった。だからといって、先日見かけた小間物屋の男の仲間ではないとは言いきれない。赤間一味だとしたら、赤い布を身につけるのは押込みのときだけだ。

もう一度、『山形屋』の表にまわってから、栄次郎は黒船町に向かった。

お秋の家に行き、二階の部屋に入った。すると、お秋が追い掛けるように梯子段《はしごだん》を上がって部屋に入ってきた。

「栄次郎さん。お願いがあるの」

いきなり、お秋が口にした。

「なんですか」

「うちの旦那の頼みなの」

「崎田さまの?」

「ええ」

お秋が言い淀んでいる。

「何か言いづらいことなのですか」

「そうじゃないの。ほんとうはうちの旦那が頼まれたことになのに、それを栄次郎さんに押しつけようとしているんです。私は反対したんだけど、栄次郎どのは引き受けてくれるからと」

「わかりました。どんなことかお聞きしましょうか」

栄次郎は話を聞く姿勢になった。

「昼過ぎに相手がきます」

「相手?」

「田原町にある『山形屋』の主人の善右衛門さんです」

「『山形屋』？」

　栄次郎ははっとした。

「『山形屋』さんで何かあったのですか」

「伜の善之助さんのことだそうです」

　お秋は困惑しながら、

「昨夜、善右衛門さんがやって来て、うちの旦那に話したの。旦那ったら話を聞いたあとで、栄次郎さんに頼もうと言いだして」

　お秋は不平を言い、

「明日、直接、栄次郎さんに話をするように善右衛門さんに言ってました。栄次郎さんに投げ出すなんて」

　と、呆れた。

「そうですか」

　おそらく、栄次郎が『山形屋』を気にしていたので、孫兵衛はそのようにしたのであろう。

「崎田さまには崎田さまのお考えがあってのことだと思います。私が『山形屋』の旦那の頼みをお聞きします」

「よかった。栄次郎さんにしたらいい迷惑でしょうに。うちの旦那ったら、栄次郎さんはお節介病《せつかいびょう》だから快く引き受けてくれると言って勝手に決めちゃうんだから」

「そのとおりですよ」

栄次郎は苦笑した。

「じゃあ、善右衛門さんがいらっしゃったらここにお通ししていいかしら」

「ええ、そうしてください」

栄次郎は答えながら、『山形屋』との因縁を感じないわけにはいかなかった。

昼過ぎに、お秋が梯子段を上がってきて、『山形屋』の主人善右衛門がやって来たと告げた。

栄次郎は三味線を片づけて、善右衛門がやって来るのを待った。

「どうぞ」

お秋が四十過ぎの中肉中背の羽織姿の男を部屋に招じた。

「失礼します」

善右衛門は腰を下ろして、

「山形屋善右衛門にございます。崎田さまから矢内さまにお願いするように言われ、こうしてお願いに上がりました」

「矢内栄次郎です。私で出来ることでしたら」

栄次郎も挨拶を返し、

「で、どのようなことでしょうか」

と、話を促した。

「はい。じつは私に善之助という二十二歳になる伜がおります。跡取りでございますが、この善之助のことで困ったことに」

善右衛門は言葉を切ってから、

「じつは、善之助に女が出来ました。おゆきという善之助より二歳年上で、政吉という兄と花川戸に住んでおります。政吉は遊び人で正業にはついていないようです。また、ほんとうに兄妹か、わかったものではありません。ですが、善之助はこのおゆきに夢中になっているのです」

栄次郎は頷きながら聞いている。

「善之助には縁組の話もあり、おゆきと手を切るように忠告しているのですが、善之助にその気がありません。おゆきと所帯を持ちたいと言い出す始末。おまえは騙されているのだと言っても聞く耳を持ちません」

善右衛門はため息を漏らし、

「もし、おゆきを『山形屋』に入れたら、政吉という男とも縁戚となり、何かと『山形屋』に食い込んでくるのではないかと不安が募ります。それで、善之助に女と別れなければ勘当するというと、善之助は家を出て行ってしまいました」

「そうですか」

栄次郎は表情を曇らせた。

「女と暮らすつもりでしょうが、女の素姓もわからず、ことに政吉という男のことが気になるのです。政吉に唆《そそのか》され、悪い道に引きずられていくのではないかと」

善右衛門は不安そうな顔で、

「女が善之助の子を身籠もったとして、『山形屋』に乗り込んで来て金を出させようとするのではないかと、いろいろなことを考えてしまいます」

「ご心配のお気持ちはよくわかります」

栄次郎は応じた。

「お願いでございます。政吉とおゆきの素姓を探っていただきたいのです。それによっては善之助を勘当するしかありません」

「まだ、勘当はしていないのですね」

「はい。『山形屋』と関わりがなくなれば、女も善之助から離れていくと、家内は勘当を勧めているのですが、いざ勘当するとなると踏ん切りがつきません。ただ、この間にも、政吉が善之助を使ってよからぬことを企むかもしれないと思うと焦《あせ》ってしまうのですが……」

栄次郎は話を聞いたあと、赤間一味のことを思い出した。あの小間物屋が赤間一味だという証はなく、そのことは黙っていたが、

「善之助さんのこと以外で、近頃何か変わったことはありませんか」

と、きいた。

「変わったこと？」

「善之助さんのことで頭がいっぱいだったでしょうから、山形屋さんは気づかなかったかもしれませんが、内儀さんや奉公人が何か妙なことを言っていたことはありませんか。なんでも構いません。今まで訪ねてきたことがなかったひとが訪ねてきたというようなことでも、あるいは妙な男が店を覗いていたとか……」

「そういえば」

善右衛門は思い出したように、

「何日か前、家内が裏口から出たとき、小間物屋らしいひとがあわてて去って行くのを見たと言っていました」

「小間物屋？」

「片方の足首に赤い布を巻いていたのが印象に残ったそうです」

「赤い布をですか」

冷静を装って答えたが、栄次郎の胸が微《かす》かに騒いだ。別の男が赤い布を巻いていたら、赤間一味の目印として考えられたが、自分が見た男と同一人物であれば、単なる癖かそういう好みだというだけかもしれない。

「何か、赤い布に？」

「いえ、なんでもありません」

善右衛門は赤間一味のことは頭にないようだった。

「で、おゆきという女子の家の詳しい場所を教えていただけますか」

「はい」

栄次郎は花川戸の家の場所を教えてもらい、

「何かお知らせに上がるときはいかがいたしましょうか」

と、きいた。

「お店まで来てくださいますか」

「わかりました。何かわかったらお伺いいたします」

「では、よろしくお願いいたします」

善右衛門は引き上げて行った。

善之助の家出と赤い布を巻いた小間物屋の男の件が関わりあるのかどうかわからないが、小間物屋の件も気に留めておく必要があると思った。

栄次郎は半刻（一時間）ほど三味線の稽古をしてから、部屋を出た。

階下に行くと、お秋が奥から出て来て、

「お帰りなんですか」

と、落胆したようにきく。

「いえ、ちょっと用を足して、また戻ってきます」

「そう、よかった。きょうは旦那は来ないから夕餉をいっしょに」

お秋は楽しそうに言った。

お秋の家を出て大川沿いを吾妻橋のほうに向かう。

駒形堂の前を通り、吾妻橋の西詰に出る。橋を行き交うひとは多い。雷門《かみなりもん》前に目をやると相変わらずの賑やかさだ。

橋の袂を突っ切ると、花川戸町だ。おゆきの家は小商いの並ぶ通りから入った二階家だ。

教わった場所に近付いたとき、目の前の家から目尻のつり上がった細面の遊び人ふうの男が出て来た。

栄次郎は思わずあっと思ったが、平静を装ってその家の前を素通りした。途中で振り返ると、男は吾妻橋のほうに走って行った。

『山形屋』の裏で見かけた男に間違いなかった。栄次郎は引き返した。再び、おゆきの家の前に差しかかった。

並びに荒物屋があった。栄次郎は近付き、店番をしていた年寄に声をかけた。

「ちょっとお訊ねします。政吉というひとの家を探しているのですが」

「政吉?」

「おゆきさんという妹さんといっしょに暮らしていると聞きました」

「ああ、それならこの三軒隣りの家ですよ」

「そうですか」

「でも、政吉さん、さっき出かけて行きましたよ。この前を通るのを見ましたから」

「出かけたのですか」

栄次郎はわざと落胆の色を見せて、

「政吉さんは何をなさっているんでしょうか」

と、きいた。

「遊び人ですよ。正業に就いてはいませんよ」

「じゃあ、暮らしは？」

「おゆきさんが子どもたちに読み書きを教えていますから、妹の稼ぎで食べているんじゃないですかえ」

年寄は政吉に好意を持っていないようだ。

「いつから住んでいるんですね」

「三年前からです。もともとは清永《せいえい》という絵師の家なんです。清永さんは京で絵の仕事があって出かけました。留守の間、あのふたりが住んでいるんです。そろそろ帰って来るという話を聞いていますが」

「清永さんと兄妹は親しいのですね」

「そうですね。部屋を貸すくらいですからね」

「あの家を訪ねてくるひとはいるんですか」

「半年ほど前から、大店の若旦那ふうの男がやって来て、泊まっていっているようです。あれはおゆきさんのいいひとでしょう」

年寄はよく見ているようだった。暇に飽かして、近所を注意して見ているようだった。

「清永さんが帰ってきたら、あの兄妹は出て行かなくてはならないんでしょうね」

「そうだと思いますよ。清永さんは独り身ですが、弟子がふたりいますからね。三人が帰ってきたら、急に手狭になってしまいます」

年寄は栄次郎の背後に目をやり、

「いらっしゃいまし」

と、声をかけた。

客がやって来たので、栄次郎は礼を言って荒物屋を引き上げた。

おゆきの家の前にやって来た。思い切って訪れてみるにしても、まだ知らないことが多すぎる。もっと調べてからだと思って、その日は引き上げ、お秋の家に戻った。

翌朝、本郷の屋敷を出た栄次郎は明神下《みょうじんした》の新八《しんぱち》の長屋に寄った。

腰高障子を開けると、新八はまだ寝ていた。昨夜、遅かったのかもしれない。新八は御徒目付である兄栄之進の手先として働いているのだ。

　出なおそうとそっと戸を閉めはじめたとき、

「栄次郎さん」

　と、声がかかった。

　新八が体を起こしていた。

「起こしてしまいましたね」

　栄次郎はすまなそうに言う。

「いえ。もう起きるところでした」

　新八はすぐ立ち上がり、素早くふとんを畳み、枕屏風で隠した。

「忙しそうですね」

　栄次郎はこっちの頼みを引き受けてくれる余裕があるかと気にした。

「きのうで片《かた》がつきました。あとは栄之進さまにご報告に上がるだけです。なにか、ございますか」

「ええ、お願いしたいことがありましてね」

「わかりました。外に出ましょう」

　薄い壁なので隣人の耳を気にし、新八は着替えてすぐ土間に下りた。

長屋を出て、ふたりは神田明神の境内に入った。拝殿の裏のほうの人気《ひとけ》のない場所に行った。

「田原町に『山形屋』という鼻緒問屋があります。主人の善右衛門さんから息子善之助のことで、と頼まれたのです」

頼まれた経緯《いきさつ》と内容について話し、

「それで、善之助とおゆきのあとをつけて新しい住まいを確かめて欲しいのです。それと政吉のこと」

と、栄次郎は続けた。

「政吉とおゆきはほんとうに兄妹なのか、善右衛門さんは疑っています。政吉が何かを企んでいるのではないかと」

「政吉は二十六、七歳の細面で目尻のつり上がった男ですね」

新八が確かめる。

「そうです」

栄次郎は答えてから、

「さきほど、崎田さまが善右衛門さんの頼みを私に回したと言いましたが、これは崎田さまが面倒なことを私に押しつけたわけではないのです。その前に、私が崎田さまに盗賊の赤間一味のことを訊ねたからなのです」

「赤間の繁蔵ですね」

「新八さんは赤間の繁蔵をご存じなのですか」

「ええ、会ったことがございます」

新八は相模《さがみ》の大金持ちの三男坊と称して杵屋吉右衛門に弟子入りをしていたが、じつは豪商の屋敷や大名屋敷、富裕な旗本屋敷を専門に狙う盗人《ぬすっと》だった。が、武家屋敷への盗みに失敗して追われたところを栄次郎が助けてやったことがある。それ以来、新八は栄次郎を恩人と思っているようだ。

さらに、新八はひょんなことから盗人であることがばれて八丁堀から追われる身になったのを、兄が自分の手下にして助けてやったのだ。

今新八は兄栄之進と栄次郎のふたりの手先のように働いている。

新八は盗人だから名前ぐらいは知っていても不思議ではないが、まさか会っていたとは想像もしていなかった。

「赤間の親分から押込みの一味に誘われたことがあります。高い塀を乗り越えられる身の軽い者を探しているってことでした」

「いつのことですか」

「あっしが江戸に来た頃ですから五年前ぐらいです。でも、あっしは断りました。赤間一味は押込み先でひと殺しを平気でやるような盗人ですからね。それから、しばらくあっしは赤間一味から逃げまわっていました。断った腹いせに、赤間の繁蔵はあっしを始末しようとしたんです。当時の盗人で、赤間の親分から声をかけられたら一人前という空気がありました。だから、逆に断ったら、ただじゃすまないんですよ。まあ、次の押込み先を知った者を生かしてはおけないのでしょうが」

「赤間の繁蔵は新しく押込みをするためにいつも盗人を集めているそうですね」

「子分はふたりだけで、あとは裏稼業の手づるを使ってそのたびに押し込む仲間を集めていました」

「どうして、繁蔵は子分を抱えなかったのでしょう」

「繁蔵は普段は堅気の暮らしをしているんです。押込みは半年に一度で、その間は誰とも顔を合わせないそうです。だから、繁蔵の顔を知っているのはほんとうの子分ふたりだけです」

「新八さんが会ったときは？」

「頭巾で顔を隠していました」

「体つきは？」

「大柄でした」

「煙草を吸いましたか」

「いえ」

「そうですか」

「栄次郎さん。なぜ、赤間一味のことを？」

「じつは、『山形屋』の裏口に不審な小間物屋がいたのですが、足首に赤い布を巻いていたのです。それで赤間一味のことを思い出したのです」

「そうですか。でも、赤間一味が赤い布を身につけるのは押込みのときだけのはずです」

「そうですってね。崎田さまから聞きました。でも、あの小間物屋の足首の赤い布が気になるのです」

「そうですか」

「すみません。長くなりましたが、そんな話を崎田さまにしたので、『山形屋』の話を私に回してくれたのです」

「そうでしたか」

「でも、赤間の繁蔵は深川の火事で死んだという話もあったそうですね」

「そうです。三年前から赤間一味はまったく鳴りを潜《ひそ》めていますから。ただ、あっしは盗んだ金がだいぶ貯まったので、もう盗みをする必要がなくなって悠々とどこかで生きているような気がしてなりませんが……」

参拝客がこっちのほうにもやって来たので、ふたりは話を終えて鳥居のほうに戻った。

「じゃあ、何かわかりましたらお秋さんの家にお伺いいたします」

そう言い、新八は長屋に戻り、栄次郎はきょうは稽古日なので元鳥越町の師匠の家に向かった。

五

翌日の朝、善之助とおゆきは政吉に連れられて吾妻橋を渡った。

だが、この橋を渡ると、もう二度と浅草に戻ってこられないような気がして、つい足が重くなった。

途中、善之助は途中で立ち止まり、田原町のほうを振り返った。

「やはり、心が残るか」

政吉が冷笑を浮かべて言う。

「いや。ただ、二度と帰らないと思うと……」

「なら、帰ったっていいんだぜ」

「帰りません」

善之助はむきになって言った。

「心配するな。いつか、おめえとおゆきを『山形屋』に入れてやる」

政吉は鋭い顔をした。

「この前もそう仰っていましたが、そんな出来ないことを言われたって……」

善之助は政吉に言い返した。

「まあ、俺に任せておけ。さあ、行くぜ。おゆき、善之助の手を引いてやれ」

政吉はおゆきに言う。

「善之助さん、だいじょうぶ？」

おゆきが心配そうな目を向けた。

「だいじょうぶさ」

善之助は強がった。

俺はおゆきと生きていくのだと改めて自分に言い聞かせて足を強く踏みしめた。

行く手の左に広大な水戸家《みとけ》の下屋敷、その先には三囲《みめぐり》神社があり、竹屋《たけや》の渡し船が通っている。

橋を渡って、政吉は向島《むこうじま》のほうではなく右の本所《ほんじょ》のほうに曲がった。

政吉が連れて行ったのは本所石原町《いしわらちょう》だった。助三郎店という裏長屋の木戸を入って行った。

そして、一番左奥の部屋の前に立った。

政吉は腰高障子を開けた。

「さあ、入れ」

政吉は善之助とおゆきを土間に入れた。

善之助は土間に入る。四畳半の部屋で正面の障子が開いていて坪庭が見える。

「これからおめえたちはここで暮らすんだ」

ふとんや茶道具が揃っていた。

「ふとんは政吉さんが?」

「長屋のかみさんに頼んで揃えてもらった。所帯道具は揃っているはずだ。足りないものがあったらおいおい揃えていけばいい。もっとも、こんな狭いんだ。余分なものは置けねえ」

「兄さん。ありがとう」

　おゆきが政吉に礼を言う。

「なあに、善之助さんの金を使わせてもらったんだ。礼には及ばねえよ」

「政吉さんはどこに？」

　善之助はきいた。

「この長屋はひとつしか空いてなかったんだ。俺は別のところに住む」

「兄さん」

　おゆきが政吉に顔を向けた。

「善之助さんがついていればおめえも安心だ」

「でも、どこに？」

「心配いらねえ。そうそう、善之助さん」

「はい」

「おめえの仕事も見つけてきたぜ」

「えっ、仕事も？」

「そうだ。すぐに働かなきゃ、おゆきを食わしていくことは出来ねえ」

「はい」

善之助は元気な声を出したが、すぐに不安になって、

「どんな仕事でしょうか。まさか、棒手振り？」

と、きいた。

「棒手振りはだめか」

「いえ、なんでもやります」

「そうだ、その意気だ。明日、連れて行く。いいか、俺の顔もある。いやだからって、断るんじゃねえ。いいな」

「わかっています」

戸口にひとの気配がした。

政吉が振り返り、

「あっ、大家《おおや》さん」

と、会釈をした。

「きょうからお世話になります妹夫婦です」

政吉の言葉を引き取って、善之助とおゆきは大家に挨拶した。大家は鬢《びん》に白いものが目立つ初老の男だ。

「徳兵衛《とくべえ》だ。あとで、長屋の者と引き合わせよう。わからないことがあれば、隣りの

おとしにきくといい」

　大家は言い、いったん外に出て隣りに行った。

　すぐに小肥りの女を連れてきた。

「おとし。きょうから住む善之助さんにおゆきさんだ。いろいろ教えてやってくれ」

「わかりました。おゆきさん、瓶《かめ》に水をためておきましたから」

「すみません」

　おゆきが礼を言う。

　大家とおとしが引き上げたあと、

「じゃあ、俺は行くから」

　と、政吉が言う。

「兄さん、ありがとう」

　おゆきと善之助は政吉を木戸口まで見送った。

「善之助さん、おゆきを頼んだぜ」

「はい。何から何まで」

「いいか。何不自由なく育ったおめえが長屋暮らしに嫌気が差すようなときが来よう。そうなったとき、おゆきを捨てたりしたら、俺はおめえを許さねえからな」

「私はおゆきさんを一生守っていきます」

「その言葉、忘れるな。じゃあ、明日、迎えに来る」

「はい」

政吉は大川のほうに去って行った。

善之助は長屋に戻った。戸を開けて中に入ると、おゆきは火鉢に火をおこしていた。

「お湯をわかしますね」

鉄瓶《てつびん》をかけて、おゆきは言う。

「政吉さんに何から何まで世話になってしまった」

善之助はしみじみ言う。

「兄は私と善之助さんのこと、自分のことのように喜んでくれているんです」

おゆきは言ってから、

「善之助さん、ごめんなさい」

と、頭を下げた。

「なんだ、いきなり?」

「私と出会わなければ、善之助さんは大店の若旦那で悠々とした……」

「俺は今のほうが仕合わせだ。金がいくらあったって、こんな喜びは得られなかった。

おゆきと出会えたことに感謝している」

「うれしいわ」

「ただ、おゆきのことを一度もわかろうとしなかった親父のことが恨めしい。おふくろが生きていたら、きっとおゆきを迎えてくれたはずだ」

「私だって、善之助さんといっしょならどんな暮らしでも仕合わせよ」

「おゆき」

善之助はおゆきの手をとった。

「でも、怖い」

いきなり、おゆきは手を引いた。

「どうした？」

「いつか、善之助さんが『山形屋』に帰ってしまうんじゃないかと……」

「貧しさに負けて『山形屋』が恋しくなるというのか。おゆきと別れるくらいなら、死んだほうがましだ」

「うれしい」

おゆきは涙ぐんだ。

おゆきは常に不安なのだと、改めて悟った。これまでの善之助にはいざとなったとき、帰るところがあった。

だが、今の俺には帰るところはない。父は後添いのお民に出来た子を猫可愛がりしている。いずれは、『山形屋』の身代はその子に渡るはずだ。

「さあ、ここで新しい暮らしをはじめるんだ。俺も仕事を頑張る」

「はい」

政吉が見つけてきてくれた仕事がどんなものかわからない。どんなに辛くても、おゆきといっしょなら堪えられる。善之助は生きる闘志が漲《みなぎ》っていた。

翌日、長屋に迎えにきた政吉に連れられ、善之助は奉公先に向かった。

長屋木戸を出てから、

「遠いんですか」

と、善之助はきいた。

「近くだ。だから、あの長屋を選んだのだ」

政吉は歩きながら答える。

石原町は武家屋敷に囲まれている。大川と反対方向に歩きはじめ、ほどなく政吉は足を止めた。

「ここだ」

　小商いの並ぶ中に、土蔵造りの店があった。間口は狭く、長い暖簾がかかっていた。看板には『小金融通』と書かれていた。

「金貸しですか」

「そうだ。まあ、入れ」

　政吉は暖簾をかき分けて、土間に入った。

　帳場格子に恰幅のいい四十半ばと思える男が座っていた。帳場机の上には分厚い大福帳が載っていた。

「旦那、連れてまいりました」

　政吉は男に声をかけた。

「ごくろう」

　男は立ち上がって帳場格子から出て来た。

「善之助さんです。旦那だ」

　政吉が引き合わせる。

「善之助です。よろしくお願いいたします」

　善之助は頭を下げる。

「幸兵衛《こうべえ》だ。うむ、なかなかいい顔付きだ」

幸兵衛は見定めるように善之助の顔を見つめ、

「算盤《そろばん》は使えるのか」

「はい」

読み書き算盤は子どものころからやって来た。

「いいだろう。給金は働きぶりをみてから決めさせてもらう。それでいいか」

善之助に否はなかった。

「はい」

「結構です」

「帳場に座ってもらう。場所柄、客はお武家の妻女が多い」

幸兵衛は簡単に説明し、

「細かいことはあとで。今日からさっそく働いてもらいたいが、支度もあろうから明日から来てもらおう。朝の五つ半（午前九時）に店を開ける。四半刻（三十分）前に来てもらう。何かききたいことはあるか」

と、訊ねた。

「いえ、ありません」

「よし」

幸兵衛は頷き、

「政吉、あとで行ってもらいたいところがある」

と、声をかけた。

「わかりやした」

政吉は素直に応じる。

おやっと思った。政吉もここで働いているのだろうか。

「旦那、善之助を送ってすぐ戻ってきます」

政吉は言い、善之助とともに土間を出た。

「政吉さんもここで？」

外に出て、善之助はきいた。

「そうだ。貸し金の取り立てだ」

「取り立て？」

「…………」

「そんな顔をするな。中にはあくどい客がいるのだ」

「きょうは長屋のほうの片づけをして、明日からしっかり働け」

「幸兵衛さんはどんなお方なのですか」

「今、聞いても仕方ない。明日からいやでもつきあわなきゃならないんだからな」

政吉は含み笑いをした。

奉公先が金貸しであることに、善之助は気持ちがなえそうになった。おそらく、意に染まないこともやらなければならないだろう。そのことを思うと、憂鬱になった。だが、生きていくためにはそれも仕方ないのだと、自分に言い聞かせた。

第二章　長屋暮らし

一

ふつか後、栄次郎は新八の案内で、本所石原町にやって来た。

「あそこです」

新八が指さした土蔵造りの店に、小金融通の看板があった。

「金貸し幸兵衛の店で、毎日帳場格子に入って金を借りに来る客の相手をしています。客は御家人の妻女も多いようです」

「こういうところで働きだしたのですか」

栄次郎はしんみり言う。

ここに来る前に、栄次郎は助三郎店の長屋を見てきた。四畳半の部屋で、おゆきとふたりで暮らしはじめたのだ。

「近所のひとの話では、幸兵衛の店は三年ほど前からやりはじめたようです。政吉はそのころから貸し金の取り立てをしています」

「政吉の引きで、奉公するようになったそうです」

「さっきの長屋も政吉が探してきたのですね」

「そうです。政吉が住まいも仕事も世話しています」

「政吉は妹のために善之助の面倒を見ているのか、それとも他に何か魂胆《こんたん》があるのか」

栄次郎はふと武家の妻女ふうの女が幸兵衛の店に入って行くのを見た。

「ちょっと覗いてみましょうか」

栄次郎は戸口に近付いた。

長い暖簾を少し避《よ》け、店の中を覗いた。女の客は帳場格子の前に立った。若い男が応対をしている。善之助だろう。

栄次郎と新八は店先から離れた。しばらくして、女が小走りに出て来た。本所に住む御家人の妻女だろう。

「政吉の狙いはなんでしょうね」

新八がきいた。

「狙いが『山形屋』にあるのは間違いありません」

政吉が『山形屋』の前に現れたことを思い出して言う。それが、どういう狙いなのか。やはり、赤い布を巻いた小間物屋の男が気になる。

「新八さん。三年前の深川の火事現場に行ってみたいのですが」

栄次郎は思い出して言う。

「赤間の繁蔵が焼死したかもしれないという火事の現場ですね」

「ええ」

三年前、佐賀町《さがちょう》の油問屋から火が出て、辺り一帯を焼けつくした。火元に近い商家が全焼し、主人と番頭が焼け死んだ。この主人が赤間の繁蔵ではないかと思われたのは焼け跡から赤い煙管が見つかったからだ。

赤間の繁蔵は普段は堅気の暮らしをしていた。その合間に、仲間を募って一味を作り、押込みを謀《はか》っていた。赤間の繁蔵はそこで何食わぬ顔で商家の主人として暮らしていたのか。

栄次郎と新八は御竹蔵《おたけぐら》の脇を通り、北割下水を抜けて竪川《たてかわ》を二の橋で渡り、高橋《たかばし》から小名木川《おなぎがわ》沿いを大川に向かった。

佐賀町の現場にやって来たが、今は火元の油問屋はない。様相も一変しており、当時のことを覚えている者がいるかどうか。

三年前にもあったという下駄屋《げたや》に行き、店先にいた主人に新八が声をかけた。

「ちょっとお訊ねしてよろしいでしょうか」

「なんでしょう」

四十過ぎと思える亭主が四角い顔を向けた。

「三年前の火事で、この一帯は焼けてしまったのですね」

「ああ、そうです。近くの油問屋から火が出たものだからたまらない。あっと言う間に燃え広がった」

「よく逃げられましたね」

「宵の口でまだ起きていましたからね。何かすごい音がして庭に出てみたら、塀の向こうで炎が上がっていた。驚いて、金だけ持って家の者に声をかけて逃げ出したんです」

「逃げ後《おく》れたひとがいたそうではありませんか」

「『倉田屋《くらたや》』さんです」

「『倉田屋』の主人と番頭が焼け死んだのですか」

「そうです。酒を呑んでいたそうですから、酔っていて逃げ後《おく》れたのでしょう」

「その『倉田屋』の主人と番頭はどんなひとたちだったのですか」

栄次郎が口をはさんだ。

「ふたりとも口数は少ないが、穏やかなひとたちでした」

「何年ぐらい商売をしていたんですか」

「二、三年は商売していたようです」

「あとで倉田屋さんに妙な噂が立ったようですが、お耳に入っていますか」

「赤間のなんとかという押込みの親分じゃないかっていうんでしょう。ありえませんよ」

亭主は一蹴《いっしゅう》した。

「どうしてですか」

「あたしも火事から二か月ほどして同心の旦那にそのことをきかれましたが、そんなことはないって言いました。じつはあたしは親父のあとを継いで下駄屋をやる前は、人相見になりたくて修業していたことがあるんです。だから、わかりますが、『倉田屋』の主人は上に立って仲間を引っ張っていく器量はなかったはずです。ましてや、押込みなどの凶悪な一味の頭《かしら》になるような器じゃないと見ましたね」

「ご亭主。ご自分の人相見は当たるという自信はあるんですかえ」

新八が口をはさむ。

「そこまで突っ込まれると返事に困りますが、『倉田屋』の主人の場合は当たっていると思います」

「『倉田屋』の主人が本性を隠して道具屋の主人を装っていたとしたら、どうですか。その場合は、上に立つ器だと見ますか」

「そうですね」

亭主は自信をなくしたように首を傾げ、

「いくら装っていたとしても、ときには本性が顔に出るものです。でも、あたしの前では一度たりともそんな顔を見せたことはありませんでした」

「裏で本性を出していたら?」

「そこまでは見抜けないな」

亭主は自信をなくしたように言う。

「そうそう、同心の旦那がそのことを思ったのは赤い煙管だと言ってましたね。倉田屋さんは道具屋ですからね。あの赤い煙管はどこかから手に入れてきたものです」

「ほんとうですか」

栄次郎はきき咎めた。

「そのことを思い出したので、今度同心の旦那が来たら話をしようと思っていたんですが、それきりだったので言いそびれました」

「どうしてそのことを知っているんですかえ」

「ときたまいい品物が入っていることがあるので、店を覗くんです。そしたら、赤い煙管が置いてあったんです。珍しいのできいたら、あるお客さんが手放したものだと言ってました」

「そのお客のことは聞いていますか」

「いえ。そこまで聞いてはいません。ついでに言えば、倉田屋さんが使っていた煙管はふつうの煙管でした」

「そうですか。わかりました」

栄次郎と新八は礼を言って外に出た。

「新八さん、どう思いますか」

「どうも今の亭主の言うことに説得力があるような気がします。それに、いくら酔っていたとはいえ、赤間の繁蔵ほどのひとが逃げ後れたとは考えられません。赤間の繁蔵は酒に強いひとでしたから」

「そうですね。私もだんだん赤間の繁蔵ではないような気がしてきました」

栄次郎は言ってから、

「だとしたら、繁蔵はどうして押込みを止《や》めたのか」

と、疑問を口にした。

「病気にでもなかったか。あるいは、もう稼ぐ必要がないほど金を手にしたかですね」

新八が想像を言う。

「そうですね。ただ、いずれの場合でも、永久に止めたわけではないということですね。病気が治ったか、あるいは金を湯水のように使って金がなくなりかけてきたとしたら」

赤間の繁蔵は押込みを再開しようとしているのではないか。『山形屋』の裏口付近で見かけた小間物屋が赤間一味では……。

そして、『山形屋』の裏口には政吉もうろついていた。政吉も赤間一味ということも否定出来ない。

「新八さん。政吉が金貸し幸兵衛の下で働いているのが気になります。あの幸兵衛について調べてくれませんか」

「わかりました」

「私はお秋さんの家に行き、今夜崎田さまからまた赤間の繁蔵のことを詳しくきいてみます」

栄次郎はそう言い、両国橋の袂で石原町に向かう新八と別れて橋を渡った。


その夜、お秋の家で崎田孫兵衛と会った。

『山形屋』の善右衛門と会って以降、すれ違いからきょうがはじめてだ。

「栄次郎どの。どうだ、『山形屋』の件は？」

孫兵衛はきいた。

「はい。今、調べています。これから、今までわかったことをお知らせに上がろうと思っています」

「ほれみろ、栄次郎どのはこの件については興味を持っているのだ。わしが押しつけたわけではない」

孫兵衛はお秋に向かって言う。

「では、山形屋さんから頂いた謝礼は栄次郎さんにお渡しになるのですね」

「なにを言うか。あれはわしがもらったもの」

孫兵衛はあわてた。

「でも、頼まれたことで動いているのは栄次郎さんよ」

「お秋さん、いいんですよ。これは私がお節介でやっていることですから」

「お秋。おまえに何か買ってやる」

孫兵衛は機嫌をとるように言う。

「崎田さま、そうしてあげてください」

「ほんとうに栄次郎さんはひとがいいんだから」

お秋はため息混じりに言う。

「それより、早く酒だ」

孫兵衛は急《せ》かす。

「はいはい」

お秋は立ち上がった。

「崎田さま」

栄次郎はお秋が部屋を出て行ってから、

「この前の件、三年前の赤間の繁蔵が死んだかもしれないという火事についてもう一度教えていただきたいのですが」

と、切り出した。

「何がききたい？」

「火事で焼け死んだ『倉田屋』の主人が赤間の繁蔵かどうかの件です」

「今となってははっきりしない。ただ、そういう見方もあったということだ」

「赤間の繁蔵ではないかと疑うきっかけは焼け跡に残っていた赤い煙管ですね」

「そうだ」

「近くにある下駄屋の亭主は、赤い煙管は店にも置いてあったそうです。その赤い煙管はどこかから手に入れてきたものだと言ってました」

「そうか」

孫兵衛は顔をしかめ、

「赤間の繁蔵は大柄な体格だった。『倉田屋』の主人も同じよう体つきだった。そのことからも赤間の繁蔵ではないかと思ったのかもしれぬな」

「もっとはっきりしたものがあったわけではないのですね」

「うむ」

孫兵衛は顎をさすって、

「半年ごとに押込みを繰り返していた赤間一味がその後、ぴたっと動きを止めた。そこで、そういう考えが先行してしまったのかもしれぬな」

「なぜ、赤間一味が押込みを止めたのかがわかりません。ただ、再び、動きはじめているように思えてならないのです」

「『山形屋』の裏口にいた小間物屋か」

「はい。あの足首の赤い布が気になってなりません。確かに、押込みのときに赤い布を身につけたでしょうが、下見《したみ》のときはつけないと言いきれるのでしょうか」

「…………」

「栄次郎どのは、赤間一味が『山形屋』に狙いを定めていると思っているのか」

孫兵衛は鋭い顔できいた。

「いえ、はっきりした証《あかし》はありません」

栄次郎は首を横に振る。

「それじゃ奉行所は動かせぬ。それに、あやふやなことで『山形屋』を不安に陥《おとしい》れたら商売にも悪影響を与えてしまう」

「はい」

栄次郎は頷いてから、

「赤間の繁蔵について何か手掛かりになるようなものはなかったのでしょうか」

「押し込まれた店の者の話では、頭《かしら》は頭巾をかぶっていて顔は見せなかったそうだ」

「煙草を吸うときはあぐらをかいたのでしょうか。それとも何か腰掛けに座ったとか」

「あぐらだ。ともかく、余裕があったそうだ」

「土蔵を開けて千両箱を奪うまで、あぐらをかいてゆったりと煙草を吸っていたわけですね」

「そうだ」

「そんなとき、何か癖のようなものはなかったのでしょうか」

栄次郎は赤間の繁蔵がどんな格好で煙草を吸ったのかを想像しながらきいた。

「そう言えば」

孫兵衛が思い出したように、

「煙草を吸い終え、雁首を灰吹に叩いて灰を落としたあと、右手の指先で煙管をくるくるとまわしてから煙草入れに仕舞ったそうだ」

「そうですか」

そういう癖の持ち主はそんな珍しいことではないだろうが、繁蔵を特定する手掛かりのひとつになるかもしれないと、金貸し幸兵衛のことを頭に浮かべた。

「いいですか」

部屋の敷居の前で、お秋が声をかけた。

「どうぞ」

栄次郎は応じた。

「ずいぶん張りつめた感じでしたから、入りづらくて」

そう言いながら、お秋は酒肴を運んで来た。

「すみません」

栄次郎は謝った。

「さあ、呑もう」

孫兵衛が喉を鳴らしたのを、

「いえ、私はこれから『山形屋』さんに寄ってこれまでのことをお知らせして来ます」

「明日でいいではないか」

「夜のほうがじっくりお話を聞いていただけるでしょうし、善右衛門さんも何かわかったら夜でもいいからと仰っていましたので。もし、寄合などで出かけていたら、明日の朝にします」

栄次郎は言ってから立ち上がった。

四半刻（三十分）後には、栄次郎は『山形屋』の客間に入った。

善右衛門と差し向かいになって、栄次郎は切り出した。

「善之助さんは本所石原町の助三郎店という長屋でおゆきさんといっしょに暮らしはじめました」

「善之助が長屋暮らし……」

善右衛門の表情が翳《かげ》った。

「政吉さんの世話です」

「政吉のことは何かわかりましたか」

善右衛門は身を乗り出した。

「詳しいことはまだですが、政吉とおゆきさんが兄妹であることは間違いありません」

「そうですか」

善右衛門は安堵のため息をもらした。

「政吉は同じ石原町にある金貸し幸兵衛の店で借金の取り立てをしているようです」

善右衛門は不快そうな顔をした。

「取り立てですか」

「善之助さんは、その幸兵衛の店で働きだしました」

「えっ、善之助が金貸しの店で？」

善右衛門はため息をつき、

「そうですか」

と、不安そうに眉根を寄せた。

「かなりあくどい商売をしているのでしょうね」

幸兵衛に対する不審を口にする。

「さあ、どうでしょうか」

幸兵衛は赤間の繁蔵かもしれないという疑いを持っているが、そのことはまだ口に出来ない。

「矢内さま。どうか、善之助が悪の道に引きずり込まれないように見張っていていただけませんでしょうか」

「勘当はなさったのですか」

「いえ、まだ。家内からは早く勘当しておかないとたいへんなことになると急かされているのですが、いざ勘当となるとなかなか踏ん切りが……」

「ご心配なきように。善之助さんのことに注意をしておきます」

栄次郎は安心させるように言う。

「よろしくお願いいたします」

善右衛門は深々と頭を下げた。

「では」

栄次郎が立ち上がりかけたとき、

「あっ、そうそう」

と、善右衛門が思い出したように口にした。

「先日、近所のひとが言っていたのですが、私どもの裏口辺りに、煙草売りの男が入ってきたのですが、片方の足首に赤い布を巻いていたというのです」

「赤い布ですか」

「はい。その前は家内が赤い布を巻いた小間物屋を見ています。なんだか無気味になりました」

「そうですか。なんでもないでしょうが、ともかく戸締りには気をつけてください」

いたずらに心配させないように、栄次郎は言ったが、やはり赤い布には意味があると思わざるを得なかった。

二

翌日、朝早く善右衛門は羽織の紐を結び、部屋を出た。

「早く手を打っておかないとたいへんなことになりますよ」

お民が言う。善之助の勘当の件だ。『山形屋』に災いが及ぶことを恐れているのだ。

「わかっている」

正太が庭の池のそばで乳母と鯉《こい》が泳いでいるのを眺めていた。二歳の正太は可愛い盛りだ。凛々《りり》しい顔立ちで末が楽しみだ。だが、正太をいとおしいと思う一方で、善之助の子どもの頃のことが蘇ってくる。

「正太のためにも……」

お民がまた何かを言いそうだったので、

「行ってくる」

と強引に言い、善右衛門は戸口に向かった。

待っていた駕籠《かご》に乗り、本所石原町に向かった。

善之助が家を出て数日経った。それからは胸の塞《ふさ》がれるような絶望と悲しみにうちひしがれていた。

毎朝夕、仏壇の前に座り、亡き善之助の母親に手を合わせ、善之助を守ってくれるよう頼んでいる。

駕籠は吾妻橋を越えて本所に入り、川沿いを石原町に向かった。

「旦那。石原町はどこにつけますかえ」

駕籠かきがきいた。

「木戸番屋の脇で止めて待っていてくれないか」

「へい」

駕籠かきは木戸番屋の脇で駕籠を下ろした。

善右衛門は木戸番屋に場所を聞いて助三郎店に向かった。

髪結い床の先に助三郎店の木戸があった。その前にやって来たとき、木戸から職人体《てい》の男が出て来た。五つ（午前八時）だ。仕事に出かけるところだ。

あわてて、善右衛門はその先にある荒物屋の陰に隠れた。長屋木戸から男たちが出て行く。

それからしばらくして若い男女が出て来た。善之助だった。あの女がおゆきか。善之助はおゆきに手を上げて去って行く。

夫婦のように長屋暮らしをはじめたが、ふたりはまだ正式な夫婦ではない。親の承諾なしに縁組は出来ない。

おゆきもしばらく見送っていた。善之助の姿が見えなくなって、おゆきは長屋に戻った。善右衛門は意外に思った。おゆきが想像していた女とまったく違っていたからだ。

派手な顔をした勝気そうな女だと思い込んでいたが、清楚な美しい女だった。木戸まで戻り、長屋の路地を見る。

おゆきが井戸端で長屋のかみさん連中から声をかけられていた。にこやかに応対していた。

おゆきは本性を隠しているのだろうか。そのようには思えない。

気を取り直して、善右衛門は木戸番小屋の脇で待っている駕籠まで戻った。

「金貸しの幸兵衛さんの店の近くまでやっておくれ」

「へい」

駕籠かきは幸兵衛の店を知っていた。何度か前を通ったことがあるという。

幸兵衛の店に近付いたとき、

「すまない、停めておくれ」

善右衛門はあわてて声をかけた。

店の前を掃除しているのが善之助だった。子どものころから掃除などしたことがない善之助が丁寧に箒《ほうき》を使っている。

「善之助」

思わず声をかけたくなったのをどうにか堪えた。

次に、善之助は戸を雑巾で拭きはじめた。そして、最後に暖簾をかけて、奥に引っ込んだ。

善之助がいなくなった店先をしばらく見ていたが、ふと我に返って、

「駕籠屋さん。戻っておくれ」

と、善右衛門は声をかけた。


善之助は帳場格子に入って座った。ようやく馴れてきた。金を借りに来るのは場所柄か武家の妻女が多い。

本所は南割下水《わりげすい》から北割下水にかけて小禄の武家屋敷が立ち並んでいる。だが、きょう最初にやって来たのは、よれよれの着物の三十前の女だった。ほつれ毛が頬にか

かり、暮らしに疲れたような青白い顔をしている。

おどおどした様子で入ってきたが、戸口で立ち止まった。躊躇しているようだ。

「どうぞ、こちらへ」

善之助は声をかける。

やっと女は帳場格子の前にやって来た。

「お金を貸していただけるのでしょうか」

「はい。いかほど?」

善之助は怪しみながらきく。金を借りて、返す当てがあるのかという懸念が生じたのだ。もし期日までに返せなければ、政吉が取り立てに行く。そのようなことになって欲しくなかった。

「一両……」

「一両ですね。何か担保になるものはお持ちですか」

「………」

女は黙っている。

「いかがですか」

善之助は催促した。

「いえ」

「えっ？」

「担保になるものはありません」

「それではお貸しすることは難しいです」

「きっとお返しします。うちのひとがそう言っています」

「ご亭主は何をなさっているのですか」

「左官屋です」

「左官屋であれば実入りはあるはずですが、なぜお金が必要に？」

「いろいろと……」

女は言葉を濁した。

何かわけがありそうだが、そのわけを聞いても仕方ない。担保がなければ金を貸し出すことは出来ないのだ。

「お願いです。きっとお返しします。どうか、お貸しください」

「しかし、担保がないとだめなのです」

「そこをなんとか」

女は上り框に手をついて、

「きっとお返しします」

と、同じことを訴えた。

「もし返せなかったらどうなさるのですか」

「私がきっとお返しします」

「あなたがどうやって」

「………」

そのとき、奥から幸兵衛が出て来た。

「善之助。お貸ししなさい」

「えっ。担保がなくてもいいんですか」

「構わない」

幸兵衛は言い、女に向かって、

「ご亭主は左官屋だと言いましたね。ひょっとして、文兵衛店の銀蔵《ぎんぞう》さんではありませんか」

「はい。銀蔵です。どうして?」

「やはり。善之助、お貸ししなさい」

「わかりました」

善之助は一瞬迷った。幸兵衛はどういうつもりで担保なしで貸すのか気になったのだ。だが、反論するわけにはいかず、証文を作り、女に名前と住まいを書いてもらった。

女はおさんと名を書いた。住まいは出村町《でむらちょう》だ。善之助は百両箱から一両を取り出し、女に渡した。

おさんはお金を懐に仕舞い、何度も頭を下げて引き上げて行った。

「ご亭主をご存じなのですか」

「以前、うちの壁を塗り替えてもらったことがある」

「そうですか。それで、ここを知っていたのですね。でも、左官屋なのにお金を借りに来るなんて、銀蔵さんというひと、病気でもしているのでしょうか」

「いや。銀蔵には悪い癖がある」

「悪い癖？」

「手慰みだ」

「博打《ばくち》ですか」

善之助ははっとして、

「まさか、銀蔵さんは今の金を持って賭場《とば》に……」

「おそらくな」

幸兵衛は平然と言う。

「そんなことわかっていて、貸していいんですか」

「銀蔵がおさんに命じてここに来させたのだ。手ぶらで帰ったら、銀蔵に殴られるかもしれない」

「ひどい」

善之助は悲鳴を上げた。

「でも、博打をして勝てっこないでしょう。もし負けたら……」

いくら取り立てようにも金がなければどうしようもない。そうなることがわかっているのに、と善之助は不思議だった。

「おさんが返すと言っている」

幸兵衛は立ち上がって言う。

「おさんさんがどうやって返せるんですか」

幸兵衛は答えず、

「では、わしは奥にいるから」

と、下がってしまった。

おさんがどうやって返すのかと思ったとき、善之助はあっと声を上げそうになった。おさんは疲れたような顔をしていたが、身だしなみを整え、化粧をすれば見映えのいい顔立ちだ。

岡場所に身を売る……。おさんはその覚悟だったのではないか。

善之助は気持ちが沈んだ。そうなることが目に見えている。銀蔵はひどい男だ。そんな男のために金を貸すなんて。

幸兵衛はおさんが金になると踏んで貸したのに違いない。やはり、金貸しなんて自分の儲けしか考えていないのだ。

そんな男の下で働かなくてはいけないのか。確かに商売はきれいごとだけでやっていけるほど甘いものでないことはわかっている。

でも、どんな商売にだって情というものが必要ではないか。

善之助はおさんのことが頭を離れないまま、その日の仕事を終えた。

暖簾を片づけ、幸兵衛に挨拶をする。

「それでは失礼させていただきます」

善之助は店を出た。

長屋に帰ると、おゆきがたすき掛けで台所に立っていた。

「お帰りなさい」

「いい匂いだ」

煮魚の匂いだ。善之助はおゆきの顔を見て、いやなことがいっぺんに吹き飛んだ。

夕餉をとりおわったとき、腰高障子が開いて政吉が顔を出した。

「なんだ、もう食い終わったのか」

政吉が土間に立ったままがっかりしたように言う。

「兄さん。何か」

おゆきがきく。

「これ」

経木《きようぎ》に包んだものを差し出した。

「鰻《うなぎ》だ」

「まあ、鰻。どうしたの?」

「買ってきたんだ。仕方ねえ、明日食べてくれ」

「政吉さん。すみません」

「善之助さん。どうだ、仕事は?」

「はい。なんとかやれそうです」

「なんでえ。屈託がありそうだな」

政吉が善之助の屈託を見抜いたようにきいた。

「なんでもありません」

「そんなことはないだろう。なんでもいいから言ってみな。旦那に頼んでやる」

「そうじゃないんです。お客さんのことで」

善之助は促されるまま、左官屋銀蔵の女房のおさんのことを話した。

「博打に使われたら、お金は戻ってきません。おかみさんはどうやってお金を返すつもりなんでしょう」

「そんなことか。他人のことなど気にするな」

「だって不幸になるのがわかっていながら……」

「博打に使うかどうかわからないだろう。仮に、そうだったとしても負けるとは限らない、また、負けたとしても……。よそう」

政吉は真顔になり、

「そんなに先走って考えなくていい」

「でも」

「だからって、きょうお金を貸さなかったら、そのおかみさんはどうしたと思うんだ？　他にもっと高利な金貸しのところに行くか、さもなくば身を売って金を作ろうとするかもしれない」

「………」

善之助は唖然とした。

「金を借りに来るのは切羽詰《せっぱつ》まった者たちだ。それぞれ事情を抱えている。金を借りたら、なんとかなるかもしれないと思ってやって来るのだ。気持ちはわかるが、よけいなことを考えるな」

「わかりました」

善之助はため息をついた。

「じゃあ、俺は行く」

「兄さんはどこにいるの？」

おゆきがきいた。

「心配するな。また、来る」

政吉は土間を出て行った。

「兄さん、何を考えているのかしら」

おゆきが不安そうに言った。

「何か気になることでも？」

「この前も善之助さんを『山形屋』に戻してやるからって」

「俺を『山形屋』に戻す？　まさか、俺たちを別れさせて？」

「いえ、私もいっしょだって。それ以上は何をきいても答えてくれなかったけど」

おゆきは色白の顔に憂いを滲ませた。

政吉は取り立ての仕事があるかどうかを確かめるために、一日一度幸兵衛の店に顔を出すだけで、あとは何をしているかわからない。

善之助も改めて政吉に不審を持った。

三

翌日の昼過ぎ、お秋の家に新八がやって来た。

二階の部屋で、栄次郎は差し向かいになった。

「金貸し幸兵衛ですが、近所で聞きまわってみますと、三年ほど前からあの場所で金貸しをしているようです」

「三年前ですか。関わりがあるかどうかわかりませんが、佐賀町の火事のあとのようですね」

「そうです。それで、遠くからですが、幸兵衛の姿を見てきました。五年前に一度会った切りですが、赤間の繁蔵だと思えば、それに間違いないように思えます」

「そうですか」

幸兵衛が赤間の繁蔵だという確かな証《あかし》はないが、栄次郎はそう考えても不自然ではないように思えた。

『山形屋』の裏口に赤い布を足首に巻いた小間物屋と遊び人ふうの男。同じように裏口辺りをうろついていた政吉。

その政吉は幸兵衛のところにいる。すべてつながっているとしたら、その中心にいるのが幸兵衛、すなわち赤間の繁蔵ではないのか。

赤間一味の狙いは『山形屋』だ。だが、政吉の妹おゆきと『山形屋』の善之助は夫婦のように暮らしている。このことをどう考えるか……。

そのことを口にすると、新八は大きく頷く。

「仰るとおりだと思いますよ。赤間の繁蔵は盗んだ金を元手にして、表の顔は金貸しとして暮らしていたんじゃないですか。ところが、だんだん元手がなくなり、またも押込みを企てた……」

「そうですね。なぜ、狙いを『山形屋』にしたのでしょうか」

「善之助じゃありませんか」

新八は即座に言い、

「政吉の妹と恋仲になった善之助が『山形屋』の伜だったからでは？」

「しかし、いくらなんでも善之助は自分の実家が押込みに遭うのをのほほんと眺めてはいないでしょう」

「そうですね」

「なぜ、『山形屋』なのか」

そう呟いたとき、栄次郎はあっと声を上げた。

「まさか」

自分の考えをすぐ否定した。

「栄次郎さん、何か」

新八がきき返す。

「いや、もしかしたら狙いはふたつあるかと」

「ふたつですか」

「ひとつはもちろん金目当ての押込みです。もうひとつは、善之助を『山形屋』に戻すことです」

「『山形屋』に戻す？」

「そうです。押込みで、善右衛門夫婦が殺されたら跡継ぎは善之助しかいません。後添いとの子はまだ二歳です。善之助が『山形屋』を継ぎ、おゆきが内儀になる」

「そうしたら、『山形屋』は政吉、いえ、赤間の繁蔵が自由に出来るというわけですね」

「ええ」

栄次郎は憤然とし、

「赤間一味が『山形屋』を狙っているのは間違いないように思います。ただ、赤間一味はどうやって『山形屋』に侵入するのか」

「あっしも『山形屋』の周囲を見て来ましたが、塀は高く、鋭い忍び返しもついているので、盗人にとっては非常に侵入しにくい屋敷だと思います」

「そうすると、内部に手引きする者が必要ということになりますか」

「いえ、ただ一カ所、裏口の近くに松の枝が忍び返しのすぐ上まで伸びているんです。軽業師ように身の軽い者だったらその枝に縄を渡して塀を越えることは容易です」

「新八さんはいかがですか」

「たぶん、越えられると思います」

「そうですか。念のために、その枝を切るように善右衛門さんに話しておきましょう」

「それがよいと思います」

「それより、幸兵衛が赤間の繁蔵かどうかを確かめたいのですが、今はその手立てがありませんね」

栄次郎は困惑しながら、

「これから政吉ひとりに絞って調べましょう。政吉は押込み仲間と接触するはずです。その仲間の正体を突き止めれば、そこから赤間の繁蔵の手掛かりが摑めるかもしれません」

「わかりました。政吉のあとをつきまとってみます」

「お願いします。必ず、赤間一味とどこかで会うはずです」

栄次郎は新八に頼んだ。

新八が引き上げたあと、栄次郎は『山形屋』に行ってみることにした。

お秋にもう一度戻ってくると言い、栄次郎は黒船町から田原町に向かった。

田原町の『山形屋』は家の中のごたごたなど関係なく繁盛していた。

私用の戸口にまわり、格子戸を開け、出て来た女中に善右衛門への取次ぎを頼んだ。

すぐ戻ってきた女中は栄次郎を客間に案内した。

しばらく待たされたが、善右衛門が急いでやって来た。

差し向かいになって、善右衛門は言う。

「お待たせして申し訳ありません。お得意先のひとが来ていまして」

「お忙しそうですね。私のことより、どうぞお仕事のほうを」

「いえ、もう済みました」

善右衛門は答えてから、

「きょうは何か」

と、きいた。

「善右衛門さんは赤間一味という押込みの名を聞いたことはございますか」

「赤間一味ですか。確か、ひところ世間を騒がせた押込みですね」

「そうです」

「まさか、赤間一味が『山形屋』を？」

善右衛門は顔色を変えた。

「家内が見たという足首に赤い布を巻いた小間物屋というのは赤間一味の印では？」

「赤間一味は確かに赤い布を体のどこかにつけていたそうですが、それは押込みのときだけだそうです。普段はその必要がないのでしていないはずだと、崎田さまは仰っていました」

「そうですか」

「それに、赤間一味は三年前から活動を休止しています」

「またぞろ、押込みを再開しようとしているのでは？」

「それはないと思いますが、赤間一味に限らず、押込みへの用心に越したことはありません。常に戸締りは厳重にすることはもちろんですが、ひとつお願いがあります」

「なんでしょうか」

「裏口の近くの松の枝が塀の上の忍び返しの近くまで伸びているようなのです。身の軽いものだったら、そこに縄を渡して塀を乗り越えることが出来るようです」

「ほんとうですか」

善右衛門は厳しい表情になって、

「すぐ、庭師にやらせます」

と、手を叩いた。

すぐに女中がやって来た。

「お呼びでございましょうか」

女中の声がした。

「庭師の菊蔵《きくぞう》を呼んでおくれ」

「はい」

そのまま、女中は去って行った。

「それから、近頃、新しく雇った下男や女中はありますか」

と、確かめた。

「いえ。下男も女中も二年以上おります」

「そのほかに、何か新しいひとが店に入ってきたようなことは？」

「いえ、ありません」

「そうですか」

栄次郎は店の内部に押込みを手引きする輩《やから》がいないことを確かめた。

「その後、不審な者を見かけませんか」

善右衛門は不安そうな表情をした。

「ええ、手代たちに時折、裏口を見に行かせていますが、不審な者はいなかったということです」

善右衛門は身を乗り出すように、

「矢内さま。やはり、赤間一味が『山形屋』を狙っているのでは」

と、不安そうにきいた。

「いえ」

まだはっきりしないことなので、栄次郎は口に出来なかった。よけいな心配をさせてはいけないと思ったのだ。

「ともかく、戸締りはしっかりとなさってください」

「わかりました。他に何かございますか」

善右衛門がきいた。

「いえ。それだけです」

「じつは、さっそく善之助の様子を自分の目で見てまいりました」

善右衛門が切り出した。

「金貸し幸兵衛のところで働いていました。もう帰ってこないつもりなんでしょう」

善右衛門は辛そうな表情をした。

「他人の飯を食うことはいいのですが、政吉の世話だということが気になります」

「善之助さんはおゆきさんと長屋暮らしをしているのです。善之助さんが政吉の仲間だとしたら、長屋で堅気のひとたちといっしょには暮らしていないはずです」

「そうでしょうか」

「ええ。政吉は仮に何かを仕出かすにしても、善之助さんとおゆきさんを巻き込まないはずです」

「そうだといいんですが」

「政吉については十分に注意をして見ています」

栄次郎が答えたとき、

「旦那さま」

部屋の外で、番頭らしい男の呼ぶ声がした。

「なんだね」

「お客さまが引き上げる前に旦那さまに挨拶したいと」

「わかった」

善右衛門は答えた。

「では、私はこれで失礼いたします」

栄次郎は立ち上がった。

部屋を出て、途中で店のほうに向かう善右衛門と別れ、栄次郎は女中の案内で戸口に向かった。

すると、女が廊下を追い掛けてきた。

「矢内さま」

栄次郎は立ち止まった。内儀のお民だった。

「おまえはいいよ」

お民は女中に言う。

「矢内さま。善之助さんはおゆきという女と暮らしているようですね」

「ええ、長屋で暮らしています」

「おゆきには政吉という兄貴がついているんじゃありませんか。政吉は善之助さんを利用して、『山形屋』を乗っ取るつもりなのではありませんか」

お民は眉根を寄せて言う。

「さあ、どうでしょうか」

栄次郎は曖昧に答える。

「近頃、お店のまわりに不審な男がうろついているようなんです。手代や女中が言ってました。それが、男は足首に赤い布を巻いていたそうなんです。私が見かけた小間物屋も足首に赤い布を巻いていました。政吉の仲間なんじゃないかと不安なんです」

「手代や女中が赤い布を巻いた男を見たのはいつ頃でしょうか」

栄次郎は確かめる。

「二、三日前です」

「そうですか」

「善之助さんが帰ってきてくれるのが一番いいのですが、帰って来ないならば、お店に累が及ばないように勘当したほうがいいと言っているのです。でも、うちのひとはなかなか踏ん切りがつかないんです。矢内さまからも勧めていただけませんか」

「さあ、私からはどうでしょうか。まあ、今度お会いしたら話してみますが」

「お願いします」

お民は深々と頭を下げた。

栄次郎は格子を開けて外に出た。

そのとき、路地から出て来た小間物屋がいた。やはり、足首に赤い布を巻いていた。先日の小間物屋だ。

栄次郎は少し離れてあとをつけた。東本願寺《ひがしほんがんじ》の前を通って新堀川にかかる菊屋橋《きくやばし》を渡った。

その橋を渡ったあと、すぐ右に折れ、新堀川沿いを北に向かった。栄次郎も続いたが、すぐにあとをつけられていることに気づいた。

小間物屋の男は仲間といっしょに動いていたのだ。そこまで気をまわさなかったのは、自分が迂闊《うかつ》だったと思ったが、栄次郎は構わず小間物屋のあとをつけた。

小間物屋はつけている栄次郎に気づいていない。だが、寺町に入って、人気《ひとけ》のない場所に差しかかったとき、鋭い指笛が空気を裂いた。

背後の男が小間物屋に送った合図だ。背後から迫ってくる気配と同時に前を行く小間物屋が振り返った。

背後に敵が迫ったとき、栄次郎は振り向きざまに抜刀し、匕首《あいくち》を大きく弾いた。匕首は宙を飛び、近くの樹に突き刺さった。

今度は小間物屋が荷物を捨てて、匕首を構えて突進してきた。十分に引き付け、栄次郎は身をかわしながら剣の峰で相手の手首を叩いた。

小間物屋は悲鳴を上げて匕首を落とした。

手首を押さえてうずくまっている小間物屋の男に、栄次郎は切っ先を突き付け、

「『山形屋』の裏口で何をしていたんだ?」

と、問い詰めた。

「知らねえ」

「とぼけるのか」

「ほんとうだ」

小間物屋の男は栄次郎の横に目をやった。

「嘘じゃねえ」

もうひとりの男がそばに来て言った。遊び人ふうの男だ。

「どういうことだ？」

栄次郎は鋭くきく。

「頼まれたんだ」

遊び人ふうの男が答える。

「頼まれた？ 誰になんて頼まれたのだ？」

「呑み屋で会った男だ」

「呑み屋？」

「そうだ。三ノ輪《みのわ》の呑み屋で三十ぐらいの鋭い顔立ちの男から金儲けをしねえかと声をかけられた」

「なにをしろと言われたのだ？」

「足首に赤い布を巻いて……」

「よせ」

小間物屋の男が怒鳴った。

「言ったら、金をもらえなくなる」

「どっちみち、もうだめだ」

遊び人ふうの男が苦《にが》い顔をして、栄次郎に顔を向けた。

「足首に赤い布を巻いて、田原町の『山形屋』の裏口で怪しい素振りでうろつけと命じられたんだ」

「ほんとうか」

栄次郎は小間物屋の男のほうに確かめた。

「そのとおりだ。だから、ふたりで何度かうろついた。それで、一両ずつもらった」

小間物屋は観念したように言った。

「なんのために？」

「知らねえ」

ふたりは同時に答えた。

「きかなかったのか」

「きいたが教えてくれなかった。ただ」

「ただ、なんだ？」

栄次郎は急かす。

「ちゃんと役目を果たせば、もっと儲けられる仕事をさせてやると」

「もっと儲けられる仕事？」

それは『山形屋』に押し込むことを指しているのかもしれない。

「信じろというのか」

栄次郎は眉根を寄せた。

「ほんとうなんだ」

小間物屋の男も遊び人ふう男もともに二十五、六だ。ふたりとも鋭さの欠ける顔だが、どこか狡賢《ずるがしこ》そうな目をしている。

「もし、今までの話が嘘だったら容赦しない」

栄次郎は脅し、

「ふたりの名前は？」

と、きく。

「安三《やすぞう》に基吉《もときち》です」

小間物屋の格好をしている男が安三、遊び人ふうの男が基吉だった。

「さっきはなぜ襲ってきた？」

栄次郎は問い詰める。

「それは……」

「言うのだ？　殺すつもりだったのか」

「違う。脅すだけだった。もしあとをつけられて素姓がばれたら困るからだ。きょうのぶんの手当てがもらえなくなるばかりか、あとの儲け話もこなくなるから……」

「頼んできた男とはどこで会うんだ？」

「三ノ輪の呑み屋だ。そこにいれば、向こうから近付いてくる」

「なんという呑み屋だ？」

「『酔千《すいせん》』だ」

「すいせんだな？」

「そうだ」

「よし。このことは、おまえたちの依頼主にも内緒にしているのだ。今夜、『酔千』に行く。依頼主が現れたら、それとなく知らせてもらいたい」

「へえ」

安三は尻込みしたように、小さな声を出した。

四

その夜、栄次郎は三ノ輪の『酔千』の暖簾をくぐった。

入って左手の床几に、安三と基吉が座っていた。栄次郎の顔を見て、ふたりは顔を強張《こわば》らせた。

栄次郎は右手の小上がりに座った。職人ふうの男や商人ふうの男たちが数人いるだけだった。

栄次郎は小女に酒と適当な肴を頼んだ。しばらくして、店内は立て込んできて、賑やかになった。色の浅黒い日傭《ひよう》とりふうの男が数人で入ってくると、すでに場所もなくなってきた。

栄次郎は酒を呑みながら安三と基吉に注意を向けるが、ふたりに近付いて行く者はいなかった。

あのあと、ふたりはどこぞで依頼主に会い、栄次郎のことを話しているかもしれなかった。それはそれでいいのだ。

敵を誘《おび》き出せればいい。安三と基吉は黙々と酒を呑んでいたが、戸口が開いたとき、ふたりの顔が変わった。

栄次郎は戸口に目をやった。

長身の遊び人ふう男が立っていた。鼻が大きい。男はまっすぐ安三と基吉のところに行った。

男はふたりに何かを言い、すぐ踵《きびす》を返した。安三と基吉も立ち上がった。

栄次郎も用意していた酒代を置き、小上がりから下りた。

ふたりは栄次郎の前を過ぎるとき、

「近くの寺の裏手に来いと」

と囁き、店を出て行った。

栄次郎もあとを追うように店を出た。

通りから離れた暗がりに寺の山門が見えてきた。ふたりは山門の前を素通りし、寺の角を曲がった。

隣りの寺との間の道を奥に向かうと雑木林に出た。その向こうは田圃《たんぼ》が広がっているようだ。

ふたりの姿は見えなくなった。逃げたようだ。やはり、ここまで誘き出したのだ。辺りの気配を窺っていると、やがて黒い影が現れた。

「何者か」

栄次郎は問いかける。

しかし、黒い影は答えず、近付いてきた。黒い布で顔を覆った浪人ふうの男だ。間近に迫ると、刀の鞘に手をかけた。

そのまま抜き打ちに斬り込んできた。栄次郎はすでに鯉口を切っていて、腰を落として伸び上がるように抜刀した。

剣と剣が激しくかち合い、休む間もなく、相手はまた上段から斬り込んできた。栄次郎は鎬《しのぎ》で剣を受け止め、鍔迫《つばぜ》り合いになった。

相手の顔が近付き、黒い布の下を覗こうとした。だが、相手はすぐに離れ、正眼《せいがん》に構えた。

「そなたも誰かに頼まれたのか」

栄次郎も正眼に構えた。

相手がじりじり迫ってくる。ふと背後に殺気。気配を消して忍んできた敵が忽然と飛びかかってきた。

栄次郎は振り向きざまに相手の剣を払った。その隙をとらえ、正面の浪人が斬り込んできた。栄次郎は身を翻《ひるがえ》して相手の剣を避けた。そこに背後からの敵の剣が襲いかかった。敵はふたりで交互に矢継ぎ早に斬りつけてきた。栄次郎は守勢になったが、敵の攻撃をかわしているうちに相手の勢いがなくなってきた。

いっきに栄次郎は攻勢に転じ、ひとりの剣を弾き飛ばし、もうひとりの浪人の二の腕を斬りつけた。

ふたりとも、剣を失って棒立ちになった。

栄次郎はふたりに交互に切っ先を突き付け、

「名を名乗っていただこう」

「…………」

ふたりとも無言だ。

「かぶりものをとって顔を見せていただこう」

「…………」

「それも無理ですか。では、仕方ない」

栄次郎は剣を鞘に納めた瞬間、居合腰になって抜刀した。白刃が空《くう》を切り、再び鞘に納まった。

ふたりの浪人のかぶっていた布が避けて、顔が露《あらわ》になった。

ひとりは無精髭《ぶしょうひげ》の浪人、もうひとりは目の細い浪人だ。

「誰に頼まれたのか」

栄次郎は問い質《ただ》す。

「名は知らぬ」

「どんな相手だ？」

「背の高い鼻の大きな男だ」

さっき『酔仙』に現れた男だ。

「どこで声をかけられたのだ？」

「口入れ屋から出て来たところで声をかけられた」

無精髭の男が答える。

「俺もそうだ」

目の細い浪人が答える。

「今夜のことはいつ頼まれた？」

「夕方だ」

やはり、安三と基吉はあのあと依頼主のところに駆け込んだようだ。依頼主とは

『酔仙』で会うだけと言っていたが、嘘だったようだ。

「依頼主はどこにいるのだ？」

「知らない」

「そんなはずはなかろう」

ふと背後にひとの気配がした。

栄次郎は振り返る。

少し離れた場所に大柄な男とさっき『酔仙』に現れた男が立っていた。

「現れたか」

栄次郎が声をかけたとき、浪人はいきなり逃げ出した。栄次郎はそれを無視し、新しく現れたふたりの男に近付いた。

だが、ふたりはすぐに駆けだした。栄次郎は追った。

寺の裏口に逃げ込んだ。栄次郎は駆けつけ、戸に手をかけたが、開かなかった。閂《かんぬき》をかけられたのだ。

ふたりは浪人たちを逃がすために現れたようだ。いずれにしろ、安三と基吉、そして今の浪人たちは寄せ集めのようだ。

そのやり口は赤間の繁蔵そのもののようだった。

翌日、栄次郎は気になることがあって、深川の佐賀町に向かった。

自身番に寄り、この界隈の岡っ引きについて訊ねると、佐賀町に南町の同心から手札をもらっている七助《しちすけ》という岡っ引きがいるという。

七助の家を教えてもらって訪ねた。ちょうど昼時で、七助は家に帰って昼餉《ひるげ》をとっていた。

食べ終えてから、七助が上り框まで出て来た。小柄な三十半ばぐらいの男だった。

「私は矢内栄次郎と申します。七助親分ですか」

「へえ。あっしに何か」

七助がきいた。

「三年前の火事についてお訊ねしたいのですが」

「三年前の火事？」

七助は何かきき返すかと思ったが、

「ここじゃなんですから、どうぞお上がりください」

と、促した。

「では」

栄次郎は腰から刀を外して上がった。

坪庭の見える部屋で、差し向かいになった。かみさんは気を利かして奥に引っ込んだ。

「三年前の火事の何を？」

七助が先に口を開いた。

「油問屋が火元だったそうですね」

「ええ。奉公人の不注意で、煙草の火が油に移ったということです」

「そのことは間違いないのですか」

「ええ。本人は焼け死んでいますので確かめようがありませんが、他の奉公人の話からまず間違いないでしょう」

「付け火の疑いはなかったのですか」

「…………」

七助は厳しい顔になり、

「矢内さま。いったい、今頃、なぜそのようなことを？」

と、不審そうにきいた。

「近くの『倉田屋』という道具屋の主人と番頭が焼け死んだそうですね」

「ええ、酒を呑んで寝込んでしまったため、逃げ後れたようです」

「そのようですね。そのことに不審はなかったのでしょうか」

「不審っていいますと？」

「主人と番頭のふたりとも逃げ後れたことが引っ掛かったのです。なぜ、逃げ後れたのか。そこに、何かあったのではないかと？」

「……………」

「いかがですか。そのことになんらかの疑いがなかったのでしょうか」

「確かに、ありました」

「あったのですね」

「ええ。倉田屋は大柄で酒が強かったそうです。番頭も同じく酒が強かった。そんなふたりの男が酔いつぶれたことに、うちの旦那も引っ掛かっていました」

「どういう疑いを抱いたのでしょうか」

「ふたりは酒以外のことで逃げ後れたのではないか、つまり眠り薬を呑まされたのかもしれないと」

「眠り薬ですか。何か、その根拠があったのですか」

「近所の者が言っていたんですが、あの夜、『倉田屋』に客があったようなのです。

ところが、火事の前に引き上げたようです」

「その客が油問屋に火を放ったという疑いがあったのですね」

「ええ。でも、証はなにもないんです。全部燃えてしまいましたから」

「『倉田屋』の焼け跡から、赤い煙管らしきものが見つかったそうですね」

「そうです」

「赤間の繁蔵ではないかという疑いがあったとか」

「よくご存じで」

　七助は驚いたように目を見開き、

「押込み先で、赤間の繁蔵は余裕たっぷりに赤い煙管で煙草を吸っていたそうです。焼死体が大柄で、繁蔵に似ていたので、繁蔵は商家の主人を装っていたのではないかという考えもありました。でも、証は他に何もないので何とも言えません。ただ、火事のあと、赤間一味が盗みを働いていないことから、火事で死んだ男が赤間の繁蔵と子分だったのではないかという思いは完全には消えていません。でも、ただの推測だけです」

「その後、赤間一味が押込みを働いた形跡はどこにもないのですね」

「ありません」

「そうですか」

「矢内さま。今頃、なぜ？」

七助はもう一度きいた。

「じつは、浅草の田原町で、足首に赤い布を巻いた不審な男を見かけたのです。赤い布というのがひっかかりました。赤間一味は押込みのとき、みなが赤い布を身につけていたと聞いていたので」

「足首に赤い布ですか」

七助は首を傾げた。

「赤間一味は動きをやめてもう三年になります。赤間一味がまた動きだしたとは思えませんが」

「赤間一味と敵対していた盗人の親分はいなかったんでしょうか」

「さあ、あっしは聞いたことがありません」

「そうですか」

ふと思いついて、

「同心の旦那は赤間一味についてどう見ているんでしょうか」

と、栄次郎は場合によっては同心から話を聞いてみようかと思ってきいた。

「赤間の繁蔵は盗んだ金がかなり貯まったはずです。だから、隠居したのではないかと見ています。今は悠々自適な暮らしを楽しんでいるのではないかと、半分妬《ねた》みながら言ってました」

「そうですか」

赤間一味にはもう関心はないようだ。

「赤間の繁蔵に会ったひとはいるんでしょうか」

「いません。じつは、あっしの旦那がしょっぴいた盗人が一度だけ赤間一味に加わったことがあると白状したことがあるんです。あっしもいっしょに聞いていましたが、赤間の繁蔵はいつも頭巾で顔を覆っていて、絶対に素顔は晒さなかったそうです」

新八もそう言っていた。

「繁蔵の顔を知っているのは繁蔵の子分のふたりだけのようです。ですから、旦那は昔の仲間を気にすることなく盗人から足を洗って堂々と堅気の暮らしが出来るのだと言ってました」

「昔の仲間を気にすることなく……」

栄次郎はそのことに引っ掛かった。

「堅気になっても前身を知っている者がいたら、いつ自分の前に現れるかもしれず、恐怖ですからね」

「繁蔵の顔を知っているのはふたりの子分だけですね」

「ええ」

繁蔵は将来、堅気になることを考えて、ふたりの子分以外には顔を晒さないようにしてきたのだ。だが、ふたりの子分は繁蔵のことを知っているのだ。ふたりの子分は脅威にはならなかったのか。

「七助親分」

栄次郎は思い出してきいた。

「『倉田屋』の近所にあった下駄屋の主人は赤い煙管は『倉田屋』の店に飾ってあったと言ってました」

「ええ、そうでした」

「赤い煙管は道具屋だからどこかから手に入れてきたのだと」

「確かに、店先からも赤い煙管は見つかっています。そういうことからすると、下駄屋の主人の言い分ももっともだと思います」

「だから、赤い煙管が見つかったからといって『倉田屋』の主人が赤間の繁蔵だとは言い切れないということですね」

「そうですね」

「『倉田屋』の主人は赤間の繁蔵ではなく、子分だったとは考えられないでしょうか」

「子分？」

「ええ、ひとりは大柄で、もうひとりは中肉中背の男だったそうですね。まさに、子分の特徴そのものではありませんか」

「そうだとしたら？」

「『倉田屋』は繁蔵の子分のふたりが世を忍ぶための店だったということです。そして、火事の夜、『倉田屋』を訪ねた客というのが繁蔵だった……」

「繁蔵が子分に眠り薬を呑ませて昏睡させて、火を放ったとお考えですか」

「そうも考えられます」

「なぜ、繁蔵がそんなことを？」

「ふたりを亡き者にすれば、自分が赤間の繁蔵であることを知る者はどこにもいなくなります。あるいは、分け前を独り占めしようとしたか」

「…………」

「赤い煙管は繁蔵が子分に上げたものかもしれません」

「確かに、そういう考え方も出来ますが、今となってはそのことを明らかにすることは出来ませんね」

七助は言い、

「また、そうだったとしても、もう赤間の繁蔵を捕まえることは出来ないということを改めて確認したということでしかありませんね。赤間の繁蔵の顔を知っている者は誰もいないのですから」

本所石原町の金貸し幸兵衛が赤間の繁蔵かもしれないと口に出かかったが、証があるわけではなく、また言う必要もなかった。

へたに口にして町方が張り込んだら、かえって警戒されてしまう。

「親分、長々と申し訳ありませんでした」

「あっしも旦那にきいてみます。何かわかったらお知らせにあがります。どちらにお伺いすればよろしいですかえ」

七助は栄次郎の素姓を確かめようとしているのだとわかった。

「屋敷は本郷ですが、昼間はだいたい浅草黒船町のお秋というひとの家にいます」

「浅草黒船町のお秋さんですね」

「ええ。では」

栄次郎は立ち上がった。

七助の家を出てから、栄次郎は改めて金貸し幸兵衛のことに思いを馳せた。幸兵衛が赤間の繁蔵だという明らかな証があるわけではない。

政吉がらみだということと大柄な体格が赤間の繁蔵に似ているということだけだ。あと、強《し》いていえば勘でしかない。

しかし、栄次郎はますます幸兵衛が繁蔵だという思いを強くしていた。

五

遅い昼餉を終えたあと、善之助は店番を代わってもらっていた幸兵衛に、

「旦那さま。ちょっとうちの奴に言い忘れたことがあるので長屋まで行ってきたいのですが」

と、訴えた。

「構わんよ」

「すみません。では、行ってきます」

善之助は店を出て長屋のほうに足を向けたが、長屋のほうに曲がらずそのまままっすぐ横川のほうに急いだ。

左官屋銀蔵の女房おさんのことが気になってならないのだ。一両を貸したが、その金は銀蔵の博打に消えてしまったかもしれないのだ。

横川《よこかわ》に出て、そのまま法恩寺橋《ほうおんじばし》を渡ったところが出村町だ。おさんは文兵衛店に住んでいる。

木戸番屋で文兵衛店の場所を聞き、そこに向かった。

路地木戸を入る。路地にはひとはいなかった。左官屋銀蔵の家を探していると、左官屋が使う鏝《こて》の絵が描いてある腰高障子を見つけた。

ここがおさんの家だ。だが、すぐ困惑した。ここまで勇んで来たものの、おさんに会ってどうしようというのだと自問した。

おさんにこの前の一両はどうなりましたかときくのか。きいたところで教えてくれるとは思えない。よけいなお世話に違いない。

迷っていると、おさんの家の中から大きな声が聞こえた。昼間から銀蔵が酔っぱらって喚《わめ》いているのではないかと思った。

飛び込んで仲裁すべきか。だが、それこそよけいなお節介かもしれない。また、声が聞こえた。

おやっと善之助は思った。聞き覚えのある声だった。まさか、と思ったとき、もう一度大声がした。

間違いない。政吉だ。声が近付いてくる。善之助はあわてて木戸のほうに足早になった。背後で戸が開く音がした。

善之助は木戸を駆け抜けた。

帰り道と反対だが、斜向かいにある惣菜屋の前に立って木戸のほうを見る。やがて、木戸から政吉が出て来た。

その後ろからおさんがついてきた。政吉はおさんに何か言い、おさんも頷いている。

そして、政吉は引き上げて行った。

政吉の後ろ姿を、おさんは見送っていた。

いったい、政吉は何をしにおさんのところに来たのか。返済期限はまだ先のことだ。

おさんが路地に戻って行ってから、善之助はすぐに店に帰った。

政吉が帳場格子の中にいる幸兵衛と話していた。おさんのことを報告しているのか。

善之助に気づいて、政吉が振り返った。

「どこに行っていたんだ？」

政吉がきいた。

「ええ、長屋に」

善之助は曖昧に答えた。

「旦那さま。店番代わります」

政吉からそれ以上きかれると困るので、善之助は幸兵衛に言った。

「よし」

幸兵衛は立ち上がった。

「では、旦那。あっしは」

政吉は店を出て行った。

「政吉さん。いつもどこで何をしているのでしょうか」

政吉が去って行く後ろ姿を目で追っていたが、やがて視界から消えた。

「うむ」

幸兵衛は厳しい顔で頷いたが、それ以上は何も言わずに奥に消えた。

その夜、長屋に帰り、夕餉をとった。おさんのことが脳裏から離れず、飯を食いながら、政吉が何しに行ったのかを考えていた。

おゆきが不審そうな目を向けていた。

夕餉が済み、おゆきが片づけを終えたあと、戸が開いた。

「ちょっといいかえ」

「まあ、大家さん」

おゆきが立ち上がって迎える。

「これは大家さん」

善之助も上がり框まで出る。

「ちょっと話があるんだが」

「はい」

大家は上がり框に腰を下ろした。すぐに煙草入れを取り出した。善之助は煙草盆を差し出す。

刻みを詰め、火を点《つ》けてから、

「おまえさん方は夫婦になるのだろう。それとも、その気はないのかえ」

「もちろん夫婦です」

善之助はむきになって言う。

「だが、まだ正式に夫婦になっていないんだ」

「はい。じつは親が反対してまして」

「そうだってな」

大家はそう言い、煙草を吸うと目を細めて煙を吐いた。

「長屋の連中が、ふたりの祝言を挙げてやりたいと言うんだ。正式に夫婦となるようにわしに動けとな」

「長屋のみなさんがですか」

「そうだ。わしもそうしてやりたい」

大家が認め、町役人《ちょうやくにん》を通して名主《なぬし》に申し入れれば、正式に夫婦として人別帳《にんべつちょう》に記載されるが、大きな障害があった。

親の反対である。晴れて夫婦になるには親や親戚の承諾が必要なのだ。

「大家さん。ありがとうございます。ですが、私にはいろいろ事情がありまして」

「うむ。親御さんが反対しているというんだろ」

「はい」

政吉から聞いたのか、大家は善之助の事情を知っていた。

「父は私を勘当するつもりです」

「そこだ」

大家が煙管の雁首を灰吹に叩いた音がぽんと響いた。

「大店の主人としては店を守るためにあらゆることを考えなくてはならないだろう。

おまえさんが家出をしたとあっては、何をするか心配になるのは無理もない。だが、調べてみたところ、まだ勘当の手続きはしていないようだ」

「…………」

「どうだ？　よければ、わしが親御さんに会って来ようと思うのだが」

「とんでもない。大家さんにそんなことを」

「おゆきさんのためでもあるのだ」

「私の？」

おゆきが怪訝そうに言う。

「長屋のかみさん連中が心配していることがある」

「なんでしょうか」

「うむ」

また、大家は煙管に刻みを詰めた。間をとるように、ゆっくり火を点け、静かに煙りを吐いた。

「長屋のかみさん連中はおゆきさんをいじらしく思っていてな。自分の娘か妹のように見ているらしい」

「ありがたいことです」

おゆきは頭を下げた。

「大家さん。何を心配しているのでしょうか」

善之助が促した。

「おまえさんのことだ」

「私のこと？」

「そうだ」

大家は煙管を口に運び、煙を吐いてから、

「いつか長屋暮らしに嫌気が差して、『山形屋』に帰ってしまうのではないかと心配しているのだ。ことに、隣りのおとしが熱心でな」

「まさか。私はそんなことは……」

「まだ、ここでの暮らしは日が浅いからそんなことが言えるのだ。『山形屋』での暮らしとここの暮らしは雲泥《うんでい》の差だ。いつかこういう暮らしが辛くなるかもしれない」

「大家さん。お言葉ですが、私はおゆきと別れるつもりはありません。自分ひとりで、家に帰るつもりは毛頭ありません」

善之助はきっぱりと言った。

「うむ。おまえさんの気持ちはそうだろう。ここでの暮らしが辛くなってきても、おゆきさんと別れようとはするまい」

「はい」

「おとしは別の心配をしている」

「別の？」

「貧しい暮らしにだんだんおまえさんが堪えきれなくなり、苦しみだしたとき、おゆきさんがおまえさんのことを思い…………」

大家は言葉を切った。

「なんですか」

善之助は身を乗り出して急かした。

「おゆきさんはおまえさんのことを思って身を引くのではないか。そうなったら、おゆきさんが可哀そうだと、かみさん連中は心配しているのだ」

「…………」

善之助は唖然とした。

そして、おゆきに顔を向けた。おゆきは困惑している顔をした。

「善之助さん。この先、何があってもふたりの結びつきが壊れないようにしたいのだ。そのためには、おまえさんの親御さんの許しがいるのだ」

大家は説き伏せるように言う。

善之助は衝撃を受けていた。おゆきはいざとなったら、大家の言うような真似をするかもしれない。自分を犠牲にして俺のために……。

「おゆき。俺は何があってもおまえとは別れない。もし、へたに俺のことを思って俺から去って行ったら俺は生きてはいけない」

「善之助さん」

おゆきは目に涙をためていた。

「大家さん。お話はよくわかりました。父がおゆきとの仲を許してくれるとは思えませんが……」

家の様子を知りたいこともあって、善之助は大家の考えに従うことにした。

「大家さん。お願いいたします。私は二度と『山形屋』の敷居を跨がないし、また『山形屋』に災いが及ぶようなことはしないと、よくお伝えください」

「わかった」

大家は煙管を仕舞いながら、

「明日にでも行ってみよう」

と、立ち上がった。

大家が引き上げたあと、善之助はおゆきに言った。

「何があろうと俺たちは別れない。それだけは約束してくれ」

「はい」

おゆきも強い眼差しで頷いていた。


翌日の朝、善右衛門が居間にいると、障子の外から女中の声がした。

「旦那さま。本所石原町の助三郎店の大家で、徳兵衛《とくべえ》さんというお方がお目にかかりたいとお見えですが、いかがいたしましょうか」

「なに、本所石原町の助三郎店」

善之助が暮らしている長屋だとすぐ悟った。

「すぐ客間にお通しを」

「はい」

女中が廊下を去って行く。

「どなたですか」

お民がきいた。

「善之助が暮らしている長屋の大家だ」

「善之助さんの……」

お民には善之助がどこで暮らしているか、詳しい話をしていなかった。

「ともかく、行ってみる」

善右衛門は立ち上がった。

客間に向かいながら、善之助に何かあったのかと不安が胸に広がった。

客間に行くと、羽織姿の初老の男が待っていた。

「突然、お邪魔して申し訳ございません。私は本所石原町の助三郎店の大家で、徳兵衛と申します」

向かいに座ると、大家の徳兵衛が口を開いた。

「善之助に何か」

善右衛門はいきなりきいた。

「善之助さんがうちの長屋にいることをご存じでいらっしゃいましたか」

徳兵衛が驚いたようにきいた。

「一度、様子を見に行きました」

「そうですか」

徳兵衛は頷いて、すぐ続けた。

「それなら話はようございます。善之助さんとおゆきさんは仲むつまじく暮らしております。長屋の者も若いふたりを応援しております」

「お待ちください」

善右衛門は徳兵衛の言葉を制した。

「ひょっとして、ふたりの仲を認めろと仰るのですか」

「そのとおりです。仲を認め、所帯をもつことを許していただけないかとお願いに上がりました。ふたりを迎え入れてくださいと言うのではありません。善之助さんもそこまでは願っておりません。私どもはふたりが晴れて夫婦になることを願っているだけなのです。どうかお考えいただけないでしょうか」

「出来ませぬ」

善右衛門はきっぱりと言った。

「なぜでございますか」

「政吉というおゆきの兄です」

「…………」

「政吉はやくざ者。いつか、善之助は政吉に感化され、極道の道に迷うようになるかもしれません。そうなったとき、『山形屋』に災いが及ぶ危険が増します。許すどころか、勘当も考えております。もちろん、おゆきという女と別れれば、すぐ善之助は家に戻します。そうでない限り、許しません」

「おゆきさんはとても出来た女です。お会いになれば、山形屋さんとて」

「おゆきがそうだったとしても、政吉がいる限りだめです」

善右衛門は言いきった。

「確かに、政吉は堅気とは言いきれません。ですが、そんなあくどい男ではありません。山形屋さんの心配はわかりますが、それほど深刻に考えることはいらないと思います」

「徳兵衛さん。わざわざいらっしゃってくださったのに、すげない返事しか出来ず申し訳ございませんが、これぱかりはご容赦ください」

「山形屋さん」

徳兵衛が何か言いかけるのを、

「私は店を守って行かねばならないのです。少しでも危険があるものははじめから予防しておかねばなりません」

「…………」

しばらく茫然としていたが、

「わかりました」

と、徳兵衛はため息混じりに言った。

「残念ですが、仕方ありません」

徳兵衛は腰を浮かせ、

「それにしても、大店になると不人情なものですね。いや、これは失礼」

と、厭味を言った。

「失礼します」

徳兵衛は部屋を出て行こうとした。

「大家さん」

善右衛門は声をかけた。

徳兵衛が振り返った。

「どうか、善之助のことをよろしくお願いいたします」

善右衛門は深々と頭を下げていた。

第三章　押込み前夜

一

翌日、栄次郎は元鳥越町の師匠の家から浅草黒船町のお秋の家に行った。

土間に入ると、お秋が台所から出て来て、

「栄次郎さん、さっき『山形屋』さんの使いが来て、いつでもよいからお出でくださいということでした」

「善右衛門さんからですか」

栄次郎は上がる前だったので、すぐ出向くことにした。

「では、先に行ってきます」

栄次郎は跨《また》いだばかりの敷居を逆に跨いで外に出た。

駒形町から田原町にやって来た。『山形屋』の店の並びにある家人用の戸口の前に立った。

格子戸を開けて、奥に呼びかける。

いつもの女中が出て来て、善右衛門から言いつかっていたのか、すぐに栄次郎を客間に招じた。

「少々、お待ちください」

女中は部屋を出て行った。

待つほどのこともなく、善右衛門がやって来た。

「矢内さま。お呼び立てして申し訳ありません」

腰を下ろして、善右衛門が言う。

「何かございましたか」

栄次郎は気になってきいた。赤間一味と思われる連中のことが頭にあった。

「じつは昨日、本所石原町の助三郎店の大家で徳兵衛さんというお方が訪ねてきました」

「善之助さんの長屋の大家さんですか」

「はい」

善右衛門は困惑したように、

「徳兵衛さんは、善之助とおゆきの仲を認めてもらいたいと言うのです」

「仲を認める？」

「正式な夫婦にしてやりたいと。それが長屋のひとたちの思いだそうです」

「で、なんとお答えに？」

「おゆきの兄政吉がいる限り、出来ないと断りました」

「そうですか」

「善之助とおゆきは長屋のひとたちに温かく迎えられたようです。そのことではほっとしているのですが、やはり政吉のことが妨げになります」

善右衛門は少し身を乗り出し、

「政吉について何かわかったでしょうか」

と、きいた。

「いえ、まだなのです」

新八があとをつけているが、政吉は用心深く、常に背後を気にしながら歩きまわっていて、いまだに動きが摑めないということだった。

「そうですか。もし、政吉に危険な動きがあったら善之助も巻き込まれるかもしれません。そういう気配があれば、すぐ善之助を勘当しなければ……」

　善右衛門の表情が翳《かげ》った。

「そのことですが、先日、内儀さんから早く勘当をするように勧めてくれと頼まれました。内儀さんは早い勘当を望んでいるのですね」

「店のことが心配のようです。家内からすれば、『山形屋』は善之助という爆弾を抱えているると思っているようです」

　善右衛門はため息をつき、

「私は爆弾は政吉だと思っています。政吉がおとなしくしているなら善之助を勘当したくないのです。家内は、そのことが不満なようですが」

　幸兵衛が赤間の繁蔵なら、政吉もまた赤間一味ということになる。足首に赤い布を巻いた小間物屋も赤間一味だ。

　ただ、不思議なことに『山形屋』の下見をしていたように思えるが、その後、赤間一味が山形屋を襲うという兆候はない。

　狙いを変えたとも思えない。どこにも押込みに入られたという話はないのだ。すると、なんらかの理由で『山形屋』への襲撃が延び延びになっているとみたほうがいいかもしれない。

赤間一味に何かあったのか。

「先日、お話をした松の枝はどうなさいましたか」

栄次郎は思い出してきいた。

「あの日のうちに切りました」

「そうですか」

まさか、侵入に利用しようとしていた枝がなくなったことで、作戦を練り直しているわけでもあるまい。

赤間一味に何かすぐに押込みの出来ない事情が出来たのではないか。

「政吉について何かわかったら、またお知らせに上がります」

「どうぞ、よろしくお願いいたします。崎田さまにもよしなに」

「わかりました」

栄次郎は挨拶をして立ち上がった。

外に出てから裏にまわってみた。裏口近くの塀の向こうを見る。松の樹があるが、枝は伸びていない。

これなら塀を乗り越えるのは容易ではないだろう。だが、このせいで赤間一味の計画が狂ったとは思えない。

四半刻（三十分）後、栄次郎はお秋の家の二階で三味線の稽古を半刻（一時間）ほど続け、曲の最後まで弾き終えたとき、またも赤間一味のことが頭の中に入り込んできた。

やはり、『山形屋』を襲撃する気配がないのはなぜなのかということが気になってならない。

一味に何かあったのか。寄せ集めの集団だ。仲間割れでもあったのか。

そんなことを考えていると、新八がやって来た。

「すみません。なかなか、手掛かりが掴めませんでした」

いきなり、新八は詫びて、

「ようやく政吉が出入りをしている場所を突き止めることが出来ました。それまでは、用心深く、つけている者がいようがいまいが関わりなく、途中で寺か神社の境内を籠《かご》脱《ぬ》けして姿を晦ましていました。きのう、ある寺に向かったので、塀伝いに裏口に先回りをして待っていると、政吉が出て来ました」

新八は一拍の間を置き、

「政吉が向かったのは橋場《はしば》です」

と、言った。

「橋場?」

「はい。真崎稲荷《まさきいなり》の近くに妾宅《しょうたく》ふうの洒落《しゃれ》た家があります。政吉はそこに頻繁に通っています」

新八は続ける。

「その家にはおつなという女が住んでいます。どうやら、政吉はおつなの間夫《まぶ》のようで」

「間夫ですか」

栄次郎は首をひねった。政吉は女に現《うつつ》を抜かすような男には見えなかった。

「その女の旦那はわかりますか」

「やっとわかりました。下谷坂本町四丁目《したやさかもとちょう》にある『風扇堂《ふうせんどう》』という扇屋《おうぎや》の主人杢太郎《もくたろう》です。おつなの家から引き上げる男のあとをつけたところ、坂本町四丁目にある『風扇堂』に入って行きました」

「『風扇堂』の杢太郎ですか。いくつくらいの男ですか」

「四十二の厄年《やくどし》を過ぎているかどうかってところでしょうか。小肥りで下膨れの顔をしています」

「そうですか」

「『風扇堂』には奉公人がふたりいます。沢五郎《さわごろう》という三十過ぎの苦《にが》み走った顔の男と、三蔵《さんぞう》という長身で鼻の大きい男です。沢五郎は眉が濃いのが特徴です」

「長身で鼻が大きい……。なるほど」

栄次郎は思わず笑みを漏らした。

「どうかなさいましたか」

新八が不思議そうに栄次郎を見た。

「もしかしたら、三蔵という男には会ったことがあるかもしれません」

そう言い、足首に赤い布を巻いていた安三と基吉のあとをつけた話をした。

「安三と基吉の話がほんとうなら、三ノ輪の呑み屋でふたりは三蔵から声をかけられて『山形屋』の近くをうろついていたことになります」

「なんのために、そんなことをしたのでしょうか」

「そこがわからないのです。それより『風扇堂』の主人李太郎の妾のところに政吉が通《かよ》っているというのがよくわかりません。政吉が李太郎の仲間ということであれば、金貸し幸兵衛が赤間の繁蔵で、李太郎たちは赤間一味ということで理解出来るのですが……」

「そうですね。政吉は李太郎を裏切っているわけですからね」

新八も顔をしかめ、

「ということは、金貸し幸兵衛は赤間の繁蔵ではないのでしょうか」

と、口にした。

「もう少し、李太郎のことを調べたほうがいいかもしれませんね。いずれにしろ、李太郎にしても三蔵にしても表の顔は偽りのようです」

「わかりました。李太郎を調べてみます」

「それより、沢五郎か三蔵に近付いたらどうですか。ふたりから李太郎のことを聞き出したほうがいいかもしれません」

「そうですね。わかりました。そうしてみます」

新八は力強く言う。

「私は幸兵衛に近付いてみます」

栄次郎は意を決したように言う。

赤間の繁蔵かどうかをきいても正直に答えるはずはない。それでも、会話の中から何かわかるかもしれない。ただ手をこまねいているより、思い切ってぶつかったほうがいいと思った。

「じゃあ、あっしはこれで」

新八は部屋を出て行った。

栄次郎も三味線の稽古をする気持ちになれず、すぐに立ち上がった。これが自分の欠点だとわかっている。何か気がかりなことがあると、気持ちがそっちに向いてしまい、稽古に集中出来なくなってしまうのだ。

いつも師匠に見抜かれて叱られる。


栄次郎はお秋の家を出て、本所石原町にやって来た。

金貸し幸兵衛の家の前にやって来た。長い暖簾のかかった店先に立つと、帳場格子にいるのは善之助だった。

栄次郎は土間に入った。

「いらっしゃいまし」

善之助が声をかけてきた。

「すみません、客ではないのです。幸兵衛さんにお会いしたいのですが」

栄次郎は善之助に言う。

「お約束でしょうか」

「いえ、約束はありません」

「そうですか。失礼ですが、お名前を」

「矢内栄次郎と申します」

「矢内さまですね。少々お待ちください」

善之助は立ち上がった。

客がいるのに帳場格子を開けて不用心ではないかと思ったが、善之助は奥に向かって声をかけただけで、常に帳場格子に注意を向けているらしいことがわかった。

すっかり板についていると思いながら、栄次郎は待った。

善右衛門が勘当に踏み切らないのもここで働いていることを知っているからだろう。仕事もせずにおゆきとただれた暮らしをしていたら、すぐにも勘当の手続きをとったかもしれない。

やがて、大柄な男が奥から出て来た。

「幸兵衛ですが」

上がり框まで出て来て、幸兵衛が言う。

「矢内栄次郎と申します。ちょっと、お訊ねしたいことがあって参上しました」

「なんでしょうか」

栄次郎はふいをついて幸兵衛の表情の変化を見ようと、

「赤い煙管のことです」

と、切り出した。

「………」

一瞬、虚を突かれたように幸兵衛は返答に詰まったようだった。

「心当たり、ありますか」

「さあ、なんのことか」

幸兵衛はわざとらしく苦笑した。

「三年前、深川佐賀町の火事で亡くなった道具屋の『倉田屋』の主人と番頭をご存じではありませんか」

「いえ、知りません」

幸兵衛は即座に答えた。

「ときたま、『倉田屋』に遊びに行っていたとお聞きしましたが」

「何かのお間違いではありませんか。私はそのようなところに行ったことはありません」

幸兵衛はきっぱりと言った。

「そうですか。では、ひと違いだったのでしょうか」

栄次郎はわざと首を傾げる。

「どこからお聞きになったか知れませんが、私はなんら関わりありません」

「関わりないとは？」

栄次郎はわざと付け入るように、

「『倉田屋』の主人は何かしていたのですか」

と、きいた。

「そういうわけではありません」

幸兵衛は憤然として、

「いったい、『倉田屋』がどうかしたのですか」

「妙な噂を聞いたものですから」

「妙な噂？」

「いえ、よけいなことを言いました。どうやら、私の勘違いのようでした。今のことは忘れてください」

「………」

「あっ、ついでにもうひとつ、お訊ねしてよろしいでしょうか」

「なんでしょうか」

「下谷坂本町四丁目にある『風扇堂』という扇屋をご存じではありませんか。主人は李太郎といいます」

「いえ、知りません」

幸兵衛は首を横に振った。ほんとうに知らないようだ。それとも、問いかけを予期していて平然と否定したのだろうか。

その判断はつかなかったが、

「わかりました。失礼いたしました」

と、栄次郎は挨拶して踵を返した。

「お待ちください」

幸兵衛が呼び止めた。

「なぜ、『風扇堂』のことをきかれたのでしょうか」

振り返ると、幸兵衛がきいた。

「いえ、たいしたことではありませんので、お忘れください」

「ちなみに、『風扇堂』の主人はどのような男ですか」

幸兵衛は鋭い目つきになった。

「私は直接会ったわけではありませんが、主人は李太郎といいます。四十二歳ぐらい。小肥りで下膨れの顔をして……」

栄次郎は途中で言葉を止めた。幸兵衛の顔付きが変わっていた。その特徴の男に心当たりがありそうだ。

栄次郎はあえて続けた。

「『風扇堂』には奉公人がふたりいます。沢五郎という三十過ぎの苦み走った眉が濃い顔の男と、三蔵という長身で、鼻が大きい男だそうです」

「…………」

「何か心当たりが？」

栄次郎は確かめる。

「いえ」

幸兵衛は否定してから、

「矢内さまはどういうお方なのでしょうか」

と、窺うような目を向けた。

「私は御家人の兄の屋敷のやっかい者です」

「もし、矢内さまにお目にかかりたいときは、どこにお伺いすればよろしいでしょうか」

　栄次郎には思わぬ言葉だった。

　しかし、額面どおりに受け取っていいのか。栄次郎の居場所を押さえておけば、いつでも襲うことが出来るという計算が働いたのではないか。

　しかし、仮にそうであったら、かえって自分の正体を明かすに等しい。

「屋敷は本郷ですが、ゆえあって昼間は浅草黒船町のお秋というひとの家におります。何かあったら、そこにお訪ねください」

「浅草黒船町のお秋さんですね」

「そうです」

　しばらく待ったが、幸兵衛はそれ以上は何も言おうとしないので、栄次郎は改めて挨拶をして引き上げた。

　幸兵衛は赤間の繁蔵だ。栄次郎は確たる証拠があるわけではないが、そんな気がしていた。

善之助は、矢内栄次郎という侍が引き上げたあとも、何か考え込んでいるか、その場から立とうとしない幸兵衛に声をかけた。

「旦那さま」

幸兵衛ははっとしたように顔を向けた。

「いや、なんでもない」

幸兵衛はあわてて立ち上がり、奥に引っ込んだ。

善之助は幸兵衛の様子を不思議に思った。

下谷坂本町四丁目にある『風扇堂』という扇屋の話になってから、幸兵衛の様子が変わった。あげく、矢内栄次郎の住まいまできいていた。

ふと戸口に影が射した。暖簾をかきわけて、武家の妻女ふうの女が入ってきた。地味な木綿の着物で、小禄の武士の妻女だとわかる。

はじめて金を借りに来たのだろう、女はためらいがちに足を止めた。

「いらっしゃいまし」

二

善之助は声をかけた。

その声で意を決したように、女は帳場格子の前にやって来た。

「お金をお借り出来ますか」

女はおずおずと切り出した。

「はい、いかほどでございましょうか」

「五両、いえ三両でも」

「請人《うけにん》はどなたかいらっしゃいますか」

「請人……」

女は呟き、

「請人がないとだめですか」

「いちおう保証をしていただきませぬと。もし、いなければ……」

「もう一度出直します」

女は逃げるように踵を返した。

「もし」

善之助は呼び止めたが、女は逃げるように土間を出て行った。おそらく、旦那に内証で金を借りに来たのだろう。

るのかもしれない。

また来るだろうか。もう来ないような気がした。金を借りることを屈辱と思ってい

幸兵衛からはなるたけ金を貸してやるように言われていた。請人がいなくても担保がなくても信用して貸すように言われている。

だが、善之助はすんなりと貸せないのだ。これが商人なら借りた金で商いをし、その利益から返済出来るだろうが、女の場合は心配だった。返済期限になっても返せないことが十分に考えられるからだ。

幸兵衛がそれでも金を貸すのは女には最後の手立てがあるからに違いない。春をひさがせて金を取り立てるのではないか。

善之助は女をそこまで追い込みたくなかった。

背後で物音がした。幸兵衛が羽織を着て出て来た。

「ちょっと出かけてくる」

「はい」

「夕方には戻るつもりだ」

「行ってらっしゃいまし」

善之助は幸兵衛を見送った。

それから、客が来ないまま半刻（一時間）が過ぎた頃、戸口に現れたのは政吉だった。

「政吉さん」

善之助は声をかける。

「旦那は奥か」

政吉が奥に行こうとした。

「旦那はお出かけです」

「なに、出かけた？」

「はい。夕方に戻ると仰《おつしや》っていました」

「夕方だと」

政吉は眉根を寄せ、

「きょうは取り立てに行かずに済んだな。それにしても、旦那はどこに行ったんだ。きょうは返済期限が過ぎても金を返さない客の取り立てに行くことになっていたんだが」

と、首を傾げた。

「急用でも出来たか」

「最前、矢内栄次郎というお侍さんが訪ねてきたのです。矢内さまが引き上げたあと、すぐお出かけになりました」

「矢内栄次郎……。なんの用で来たのだ？」

「最初は深川佐賀町の火事で亡くなった道具屋の『倉田屋』の主人と番頭を知らないかときいていました」

「それで旦那は？」

「知らないと答えていました」

「そうか」

「でも、旦那が出かけたのは、矢内さまが帰りがけにきいたことからだと思います」

「何を聞いていたのだ？」

「下谷坂本町四丁目にある『風扇堂』の主人を知っているかときいていました」

「なに、『風扇堂』だと」

政吉が目を剝《む》いたので、善之助は驚いた。

「詳しく話してみろ」

「旦那は知らないと答えたあと、『風扇堂』はどんな男だとききました」

「旦那のほうからきいたのだな」

「そうです。旦那が『風扇堂』を知らないと答えると、矢内さまはそれから引き上げようとしました。その矢内さまを引き止めて、『風扇堂』の主人のことをきいたのです。それから矢内さまが引き上げたあと、旦那は何か考え込んでいました」

「なぜ、旦那は『風扇堂』の主人に興味を持ったのだ……」

政吉が呟いた。

善之助は呆気にとられた。どうして、政吉までが『風扇堂』のことを気にしているのか。『風扇堂』に何があるのか。

「政吉さん。『風扇堂』に何かあるのか。『風扇堂』に何かあるのですか」

善之助はきいた。

「いや、なんでもねえ。それより、矢内って侍は佐賀町の『倉田屋』のことをきいていたと言ったな」

「そうです。火事で亡くなった道具屋の『倉田屋』の主人と番頭を知らないかと」

「そうか。矢内って侍は旦那が『倉田屋』の主人と関わりがあると思ったようだな。どうして、そんなことを思ったのか」

政吉は恐ろしい形相のまま、

「いいか。俺に今の話をしたことは旦那に内証だ。いいな」

と、言い含めた。

「わかりました」

「じゃあな」

「政吉さん、どこへ」

声をかけたが、政吉は振り返りもせずに土間を出て行った。

四半刻（三十分）後に、さっきの武家の妻女がやって来た。

「すみません。請人が見つからなかったのです。代わりに、これを」

女は袱紗《ふくさ》に包んであったものを出した。銀製平打簪《ひらうちかんざし》だ。薄くて平たい簪で、花の形の輪郭に、透かし彫りの家紋が入っていた。

「母の形見なのです」

善之助は値打がわからず、担保になるかどうかわからなかった。

「質屋に行かれたほうが安心かもしれませんよ」

「行きました。どうしても三両が必要なんです」

質屋では望みの金を出してもらえなかったらしい。それで、高利を承知でここにやって来たのであろう。

切羽詰まっているようだった。この前の左官屋銀蔵の女房おさんのことを思い出したが、当面の危機を乗り切るのが先決なのかもしれないと思った。

「よろしいでしょう。お貸しいたします」

「ありがとうございます」

善之助はさっそく証文を作った。女は御家人の田村哲之進《たむらてつのしん》の妻女登美《とみ》と署名をした。

三両を持って妻女が帰ったあと、善之助はまたも下谷坂本町四丁目の『風扇堂』のことに思いを馳せた。

幸兵衛は『風扇堂』の主人を知っているのではないか。坂本町四丁目まで確かめに行ったのだ。

幸兵衛のことも気になるが、善之助が不思議なのは政吉の動きだ。政吉は何かをしているようだ。それは幸兵衛の指示のもとに動いているのかと思ったが、どうも別のようだ。

幸兵衛と政吉は親しい関係にあると思ったが、借金の取り立てだけのつながりでしかないのだろうか。

幸兵衛が帰って来たのは薄暗くなってからだ。考え事をしているのか何も言わずに、奥に向かった。

善之助は大戸を閉め、幸兵衛に声をかけて店を出た。

長屋に帰って、夕餉をとり終えたあと、善之助はおゆきにきいた。

「下谷坂本町四丁目にある『風扇堂』という扇屋を知らないか」

「『風扇堂』？　いえ、知りません。『風扇堂』がどうしたの？」

「政吉さんが知っていたようなので」

「兄さんが？　そう」

おゆきの知らないことだ。

政吉は何をしているのだろうか。

そのとき、戸を叩く音がした。誰かが立っていた。政吉や大家だったら、戸を開けて顔を出すはずだ。

「どなたですか」

善之助は上がり框から声をかけた。

「失礼します」

戸が開いて男が顔を出した。三十過ぎの苦み走った顔の男だ。

「幸兵衛の旦那からの使いでやって来ました。善之助さんにすぐお出で願いたいということです」

「旦那が？」

「はい。なんだか急いでいるようでした」

「あなたは？」

「知り合いです。たまたま今夜久しぶりに訪ねたところ、いきなり善之助さんを呼んできてくれと言われたんです」

「まさか、具合でも悪くなったんでしょうか」

善之助は胸騒ぎがした。

「そうではないようです」

「そうですか。わかりました。すぐ行きます」

「では、あっしは先に旦那のところに戻っていますので」

男は戸を閉めて引き上げた。

「じゃあ、行ってくる」

「何かあったのかしら」

おゆきは不安そうに言う。

善之助は長屋を出て、幸兵衛の家に向かった。昼間は生暖かい風が吹いていたが、夜はまだ肌寒い。人通りも絶えて、野良犬が横切ったのを見ただけで、幸兵衛の家にやって来た。

家の前にさっきの男が待っていた。

「幸兵衛さん、今出かけました」

「出かけた？」

「ええ、大川のほうです」

男が家から離れようとした。

「どうして旦那は大川のほうに？」

善之助は不審を持ったが、

「誰かと会うそうです。さあ、早く」

と、男に急《せ》かされて従った。

武家屋敷の裏の道に入ったので、善之助はきいた。

「この道を？」

「このほうが近道なんです」

男はさっさと人気《ひとけ》のない暗い通りを進んだ。

善之助も歩きかけたが、おかしいと思ったので足を止めた。

「どうしたんですね」

男も立ち止まって振り返った。

「ほんとうに旦那が待っているんですか」

「…………」

男は返事をせず、にやつきながら近付く。

善之助ははっとした。男の顔付きが変わっていた。

「すまねえな。おめえにはここで死んでもらわなくてはならねえんだ」

男は懐から匕首を取り出した。

「誰だ、あんたは？」

善之助は恐怖に引きつった声できいた。

「知る必要はねえ」

男が迫る。

善之助は踵を返した。

だが、目の前に背の高い男が立ちふさがった。善之助は息を呑んで立ちすくんだ。

「覚悟しな」

背の高い男が無気味な声を出して匕首を構えた。

「どうして、私を……」

善之助は足がすくんで動けなかった。前と後ろから、匕首を持った男が迫ってきた。なぜ襲われるのか、皆目《かいもく》わからなかった。

「成仏するんだ」

背の高い男が突進してきた。善之助は思わず目を瞑《つむ》った。

次の瞬間、大きな叫び声と物音がした。善之助は恐る恐る目を開けた。ふたりの男が立ち上がったところだった。

新しく現れた男が、匕首で迫ってきた男に体当たりをしてふたりで倒れ込んだのだとわかった。

新たに現れた細身の男が、すぐに善之助をかばうように前に立ち、

「おまえたち、誰に頼まれたのだ」

と、問いかけた。

「てめえは何者だ？」

「こっちの問いに答えろ」

「野郎」

背の高い男が匕首を振りかざして細身の男に襲いかかった。細身の男は刃をかいくぐるように背の高い男に突進し、相手の胴を抱えるようにして倒れ込んだ。その拍子

に、匕首が手から離れた。

細身の男は素早く立ち上がった。

「やりやがったな」

苦み走った顔の男が細身の男に匕首を向けた。

「おめえは沢五郎か」

細身の男が鋭く言う。

「こっちが三蔵だな」

細身の男は背の高い男を見た。

「どうして……」

苦み走った顔の男が啞然としていた。

「てめえは誰だ？」

沢五郎と呼ばれた男がきく。

「ただの遊び人だ。それより、なぜ、このひとを殺そうとしたんだ？」

細身の男が問い詰める。

「『風扇堂』の李太郎の命令か」

「…………」

沢五郎と三蔵は目を見合わせ、いきなり体の向きを変えて逃げ出した。

「だいじょうぶだったかえ」

細身の男が善之助に声をかけた。

「助けてくださり、ありがとうございました」

「今の連中、なぜおまえさんを襲ったんだね」

「わかりません。ここまで誘《おび》き出されて襲われました」

「そうか」

「あの、お名前を？」

「名乗るほどの者ではない、早く、帰ったほうがいい」

そう言うや、男はさっきのふたりが駆けて行った方向に去って行った。

帰り道を急ぎながら、善之助は襲ってきた沢五郎と三蔵に思いを馳せた。

ふたりは、矢内栄次郎という侍が口にした『風扇堂』の奉公人だ。幸兵衛も政吉も『風扇堂』になんらかの関わりがあるようだった。その沢五郎と三蔵になぜ襲われねばならなかったのか、善之助は見当もつかなかった。

それにしても、助けてくれた男は何者なのだ。やはり、『風扇堂』のことを知っていた。『風扇堂』に何かある。善之助はそのことを考えながら長屋に帰った。

腰高障子を開けると、政吉が来ていた。

「善之助、どうした？　何かあったのか」

政吉が駆け寄った。自分では気づかなかったが、鬢《びん》がほつれ、着崩れしていたのかもしれない。

「ふたりの男に襲われたんです」

「襲われた？　旦那のところに行ったんじゃないのか」

「嘘でした」

「嘘？　誘き出されたのか」

「そうです」

善之助はそのときの様子を話した。

「助けてくれたのはどんなひとだ？」

「三十過ぎの細身で動きが敏捷なひとでした。名前をききましたが、教えていただけませんでした」

「そうか。で、襲った相手に心当たりはあるのか」

「ありません。ただ、助けてくれたひとが賊に向って、『風扇堂』の李太郎の命令かときいていました」

「『風扇堂』の杢太郎……」

政吉の顔色が変わった。

「ふたりは、矢内栄次郎という侍が口にした『風扇堂』の奉公人で、沢五郎と三蔵だと思います」

善之助は真顔で、

「政吉さんは『風扇堂』を知っているのではないですか。なぜ、『風扇堂』の者が私の命を狙うのか」

と、迫った。

「俺が知るわけねえ」

政吉は怒ったように言い、立ち上がった。

「待ってください。私に何か用があったのでは?」

帰りを待っていたのだ。何か話があったはずだ。

「そうだった」

政吉は思い出したように、

「矢内って侍はどこに住んでいるか言っていたか」

と、きいた。

「矢内さま？」

なぜ、そのようなことをきくのかと不思議に思いながら、

「昼間は浅草黒船町のお秋というひとの家にいるそうです」

と、善之助は答えた。

「わかった」

「待ってください。政吉さんは何か私に隠していることがあるんじゃないですか」

「兄さん」

おゆきも上がり框まで出て来て政吉に訴えた。

「俺はおめえたちの味方だ。じゃあな」

政吉はそう言い、土間を出て行った。

いったい、政吉は何をしているのだろうか。善之助は胸騒ぎがしてならなかった。

三

朝から柔らかな陽射しで、桜も今にも芽吹きそうな陽気だった。そよ風も心地よく、行き交うひとの表情も晴々としていた。

元鳥越町の師匠の家から浅草黒船町のお秋の家にやって来ると、すでに新八が来ていて、上がり框に腰を下ろして煙草を吸っていた。

新八はすぐ煙管の灰を煙草盆の灰吹に落として立ち上がった。

「すみません。待たせてもらいました」

「二階でお待ちくだされればよかったのに」

栄次郎はそう言い、二階に上がった。

部屋で、差し向かいになるなり、

「何かあったのですか」

と、栄次郎はきいた。

「昨夜、善之助さんが『風扇堂』の沢五郎と三蔵に襲われました」

「なんですって」

「ご無事です」

新八は言ってから、

「きのうも『風扇堂』の近くで沢五郎と三蔵の動きを見張ってましたが、夜になってふたりが外出をしたのであとをつけました。行き先は本所石原町でした」

沢五郎が善之助を誘き出し、待ち伏せていた三蔵と襲ったのを助けたという新八の話を聞き、栄次郎は疑問を抱いた。

「なぜ、善之助さんを……」

「わかりません」

「じつは、昨日の昼間、幸兵衛に『風扇堂』のことをききました。とぼけていましたが、知っているように思えました。そのとき、善之助はそばにいて、こっちのやりとりを聞いていました」

「でも、だからといって、善之助を殺す理由にはなりませんね」

新八も首を傾げた。

「何か、見落としがあるのかもしれませんね」

栄次郎は呟く。

「見落としですか」

新八は呟く。

「見落としだけでなく、何かこっちも思い違いをしているのかもしれません」

栄次郎は自分自身に問い掛けた。

何を思い違いしているというのか。善之助が襲われた件を考えてみると……。栄次郎ははっとした。

「新八さん」

栄次郎は自分の思いを確かめようと口にした。

「善之助を誘き出したのは沢五郎ですね。そこに三蔵が待ち構えていた。この流れの中で、幸兵衛は何をしていたのでしょうか」

「何もしていませんね」

「ええ。ここに私たちの思い違いがあったのかもしれません。幸兵衛と『風扇堂』の杢太郎たちとはつながりがないということです」

「両者がつながっていると考えたのは幸兵衛が赤間の繁蔵かもしれないことと三蔵が雇った安三と基吉に赤い布を身につけさせて『山形屋』を探らせていたことなどからですね。そこに、政吉が絡んでいました」

「そうです。赤間一味が『山形屋』を狙っていると思っていましたが、幸兵衛と『風扇堂』の杢太郎につながりがないとなると……」

「幸兵衛は赤間の繁蔵ではないということでしょうか」

「そうですね。そう考えたほうがいいかもしれませんね」

栄次郎は頷きながら、

「すると、政吉の動きも幸兵衛とはなんら関わりないのかもしれません。幸兵衛が政吉を雇い、さらに善之助を雇ったのは、『風扇堂』の杢太郎の動きとはまったく無関係ということになります」

「ひょっとして、『風扇堂』の杢太郎は赤間一味だったのではありませんか。赤間の繁蔵からの招集がなくなり、自分たちで赤間一味を復活させようとしたのでは……」

新八の考えに、栄次郎も頷けるものがあった。

「ここに政吉がどのような役割を果たしているのか」

栄次郎が呟くと、新八はすかさず、

「政吉は杢太郎の妾のところに通っています。政吉は単なる妾の間夫なだけなのでは？」

「そうですね。ただ、妾は杢太郎から聞いた話を政吉に喋っているかもしれません。その中に、『山形屋』を襲う企みが含まれていたとしたら」

栄次郎は想像した。

「政吉が鍵を握っているかもしれませんね」

「政吉に会ってみましょう。善之助が狙われた理由も、政吉ならわかるかもしれません」

新八には引き続き、『風扇堂』の杢太郎の動きを見張ってもらうことにして、話し合いを終えた。

帰り際、新八が思い出したように、

「ここに来る前、『山形屋』を見てきました。裏口の松の枝がちゃんと落とされていました。あれでは、よほどの身の軽い者でも乗り越えるのは難しいと思います」

「そうですか。では、ひとまずは安心ですね」

栄次郎は新八を階下まで見送ったあと、いったん部屋に戻ったが、政吉が通っている妾の様子を見てみようと思った。

妾はおつなと言い、真崎稲荷の近くの洒落た家に住んでいるのだ。

栄次郎は階下に下りた。

「栄次郎さん、お出かけですか」

お秋が出て来てきいた。

「ええ。一刻（二時間）ほどで帰ってきます」

栄次郎は応じて土間を出た。

四半刻（三十分）後に、栄次郎は真崎稲荷近くにあるおつなの家を探り当て、その近くまで来ていた。黒板塀で囲われた、瀟洒な家があった。栄次郎はその前を素通りし、真崎稲荷に足を向けた。

春らしい暖かな陽気で、大川には屋根船も繰り出し、帆を掛けた船も浮かんでいた。対岸の墨堤《ぼくてい》の桜も直《じき》に芽吹きそうだった。

栄次郎は真崎稲荷の鳥居をくぐってしばらくして、再びおつなの家の近くまでやって来た。

門の中を覗く。格子戸が開く気配はなかった。おつなの顔を見たかったが、諦めるしかなかった。

今戸《いまど》のほうに歩きかけたとき、前方から駕籠がやって来るのに出会った。

すれ違うときに駕籠の主を見た。四十過ぎの男だ。小肥りで下膨れの顔。李太郎に違いないと思った。

顔が強張っているように思えた。怒りを押さえているような様子に、栄次郎ははっとした。

すれ違ってからしばらくして、栄次郎は引き返した。

駕籠はおつなの家の近くで停まっていた。駕籠からおりた男は駕籠が引き返してから歩き出し、おつなの家に入って行った。

李太郎はおつなに間夫がいることに気づいたのか。そうだとしたら、修羅場が繰り広げられるかもしれない。

栄次郎は門を入り、横手にまわって連子窓《れんじまど》の下に来た。耳を澄ますと、ときおり男の激しい声が聞こえた。

聞き取れなかったが、叱責しているらしいことはわかった。だが、激しい声は長くは続かなかった。

小声になったのか、あとの言葉は続かなかった。

しばらくして、足音が戸口に向かうのがわかった。栄次郎は急いで門の外に出た。斜向かいにある商家の寮の角《かど》に身をひそめた。

しばらくして、李太郎が門から出て来た。やって来てから四半刻（三十分）も経っていない。

李太郎は何しにきたのか。

李太郎は山谷町のほうに向かい、途中で辻駕籠を拾った。栄次郎は駕籠を見送りながら、李太郎はなぜ、沢五郎と三蔵に善之助を襲わせたのだと考えた。しかし、はっきりした答えは見出せなかった。

その夜、栄次郎はお秋の家で、崎田孫兵衛と会った。

「崎田さま。赤間一味のことですが」

栄次郎は長火鉢の前で旦那面《づら》をしている孫兵衛に声をかけた。

「なんだ？」

「赤間一味の動きは三年前からぴたっと止んだということですが、その都度呼び集められて押込みに加わった連中は、その後どうしているんでしょうか」

「他の盗賊の仲間に加わった者もいるだろうが、自分たちだけで押込みを続けているかもしれぬな」

「いずれにしろ、赤間一味を思わす押込みは一件もなかったということですね」

「そうだ。寄せ集めの連中で押込みをするのは赤間一味だけだ。仲間で一仕事するのに赤い布の印など不要だからな。当然、赤間の繁蔵に誘われていっしょに押込みを働いた者もまだ盗人を続けていると考えていいだろう。だが、もはや赤間一味ではない」

孫兵衛は言い切ってから、

「なぜ、そんなことをきくのだ？」

「赤間の繁蔵のやり方を真似して寄せ集めの一味で押込みをしようと考える輩《やから》がいるだろうかと考えたのです」

「『山形屋』の様子を窺っていた連中のことか」

「はい」

「赤間一味を真似することは難しい。ひとを集めるのはたいへんだ。赤間の繁蔵はそれなりに裏稼業では名が通っていたから盗人が集まったがな」

「そうですね」

「それにしても、『山形屋』の様子を窺っていた連中の話を聞いてからだいぶ経つ。連中は『山形屋』への押込みを諦め、狙いを他に変えたのか。それとも、栄次郎どのの早とちりではなかったのか」

孫兵衛は揶揄《やゆ》するように言う。

「そうですね。何も動きはありません。もしかしたら、崎田さまが仰るように私の早とちりだったかもしれません」

「おいおい、あっさりそのようなことを認めるな」

「いえ、赤い布を身につけていたので赤間一味を思い出して、押込みだと短絡的に考えてしまいましたが、押込みだという確たる証《あかし》があったわけではありません。それに、いまだにその動きがないことからも、あの連中の狙いは別のことに……」

「別のこと？」

李太郎は手下に善之助を襲わせたのだ。狙いは最初から善之助だったとも言いきれない。善之助を襲ったのは昨夜だ。それまで善之助に対して何もしていなかったのだ。なぜ、今になって善之助を襲ったのか。

「難しい話はよそう」

孫兵衛は手を叩いた。

お秋が顔を出す。

「酒を頼む」

「はい」

「崎田さま。私はこれで」

栄次郎が腰を上げる。

「何、もう帰るのか」

「これから『山形屋』さんに寄ってみたいのです」

「『山形屋』にか」

孫兵衛は罰の悪そうな顔をした。

『山形屋』の善右衛門の頼みごとをすべて栄次郎に押しつけ、謝礼の金は自分の懐にしまったのだ。そのことに負い目があるのだろう。

「そうか。よろしく頼む」

孫兵衛は珍しく深々と頭を下げた。

「わかりました」

栄次郎は苦笑して応じた。


四半刻（三十分）後に、栄次郎は『山形屋』の客間で、善右衛門と差し向かいになっていた。

「その後、政吉について何かわかりましたか」

善右衛門がきいた。

「政吉は赤間一味の仲間かと思ったのですが、どうやら違うようでした」

「押込みの仲間ではないと？」

「はい。ただ、何かひとりで動いているのです。それが何かまだわかりません。もうしばらくお待ちくださいませんか」

「そうですか」

善右衛門は少し不満そうな顔をした。

「ところで、善之助さんの勘当は？」

「矢内さまの政吉に対する調べが終わるまで待ちます。調べ終え、政吉がとんでもない悪党だとわかった時点で即座に勘当の手続きをとります」

善右衛門は強い口調で言ったあと、

「ただ、家内がもう一度、善之助と話し合いをしたらどうだと言ってくれたのです」

「話し合い？」

「はい。私も善之助ともう一度話し合ってみようと思いました。場合によってはおゆきとのことを許そうかとも」

「ほんとうですか」

激しく罵《ののし》っていた剣幕からどういう風の吹き回しかと、栄次郎は耳を疑った。

「なぜ、お気持ちが変わったのですか」

「大家さんがいらっしゃったからです。家内も大家さんがふたりのためになろうとしていることに心が打たれたようです。それで、一度、善之助をこの家に呼び、じっくり話し合いをしたらと勧めてくれたのです」

「そうですか」

栄次郎は戸惑いを覚えながら、

「で、善之助さんには？」

「明日、伝えに行くつもりです」

「おゆきさんを嫁と認め、善之助さんを跡継ぎにすることもあり得るということですか」

「政吉という男次第です。ただ、善之助もおゆきも政吉と縁を切るというなら、それも考えられます。もし、そうでなくても、大家さんの言うように、ふたりの縁組だけは認めてあげてもいいと思っています」

「内儀さんと話し合われたのですね」

「ええ、家内がそう言ってくれました。矢内さま」

善右衛門は安堵のため息をもらし、

「ようやく、前途に灯が見えてきたようです。おゆきが政吉と縁を切ってくれるといいのですが」

「縁を切ると約束しても、ほんとうに縁を切ったかどうか、どうやって明らかにするのですか」

「崎田さまにお願いします。他人となったことの立会人になっていただき、あとから政吉がおゆきに近付いてきたらお奉行所の力で取り締まっていただきます」

「なるほど」

栄次郎はなんとなく素直に受けいれられないものがあった。あまりに急激な気持ちの変化に、ついていけないものがあったのだ。

確かに長屋の大家の来訪が大きなきっかけになったのかもしれない。だが、はたしてそれだけだろうか。

「では、二、三日中にも善之助さんを招いての話し合いが行なわれるのですね」

「はい。早急にそうしたいと思っています」

「わかりました」

栄次郎はすっきりしない気持ちのまま挨拶をして立ち上がった。

『山形屋』を出た。闇に沈んでいる東本願寺の前を通り、新堀川にかかる菊屋橋を渡る。生暖かい夜風が吹いている。

栄次郎は立ち止まって朧月《おぼろづき》を見上げた。

善之助を『山形屋』に呼んで話し合いをする。それなら、なぜ今までそれが出来なかったのか。

朧月に思わず問いかけた。『山形屋』にとっていい方向に向かっているのになぜ、心が晴れないのか、栄次郎は自分でも不思議に思っていた。

四

翌日の朝、善之助が朝餉を済ませたとき、腰高障子が開いて大家が顔を出した。

「これは大家さん」

おゆきが上がり框まで出て迎えた。

「善之助さん、お客さんだ」

大家が善之助に呼びかけた。

「お客?」

善之助は不思議に思って戸口に目を向けた。そのとたん、善之助の全身に衝撃が走って、思わず悲鳴のような声を出した。

「おとっつあん」

「善之助さん、善右衛門さんがおまえさんに話があるそうだ。おゆきさんも」

大家はそう言い、

「じゃあ、よろしくお願いいたします」

と、善右衛門に会釈をして土間を出て行った。

善右衛門は土間に立った。

「どうぞ。お上がりください」

おゆきが勧める。

「いや、すぐ引き上げる。おまえさんがおゆきさんか」

「はい。ゆきです」

「善之助が世話になっています。このとおり」

善右衛門が頭を下げた。善之助は驚いた。なんの真似だと警戒した。

「とんでもない。私のほうこそ」

おゆきは不安そうに言う。

「おとっつあん。何か」

善之助は用心深くきく。

「じつはおまえとじっくり今後のことについて話し合いたいのだ」

「おとっつあん。私とおゆきを引き離そうとしているなら無駄ですよ。私は何があっても、おゆきと……」

「わかっている。大家さんから聞いた。ふたりの仲を認めるつもりだ。お民もそうしようと言ってくれているのだ」

「継母さんが？」

「そうだ。やはり、大家さんの話をしたら、おゆきさんへの考えを変えたようだ。ともかく一度じっくり話し合いたい。善之助、おゆきさんといっしょに一度家に来ないか」

「おゆきといっしょに？」

「そうだ。泊まりがてら来るがいい。おゆきさん、どうかね」

善右衛門はおゆきにきく。

「私は……」

おゆきが善之助の顔を見た。

「おとっつん、おゆきといっしょなら行きます」

「そうか。今夜というわけにはいくまい。明日の夜はわしは寄合があるから明後日《あさって》の夜はどうだ？」

善之助はおゆきと顔を見合わせ、

「わかりました、明後日の夜に行きます」

「よし。明後日の夕方に来てくれ。おゆきさんも待っているからね」

「はい」

「じゃあ、楽しみにしているぞ」

善右衛門は引き上げて行った。

「善之助さん」

おゆきが不安そうに、

「まさか、お家に行ったら善之助さんと別れろと迫られるんじゃ……」

と、きいた。

「おとっつあんはそんな騙し討ちをするようなひとじゃないよ。おゆきを認めてくれたんだ。やっぱり、大家さんが会いに行ってくれたのが大きかったんだ」

善之助は夢のようだと思った。

戸が開いて、大家が再び顔を出した。

「大家さん」

善之助は思わず喜びの声を上げた。

「善之助さん、おゆきさん、よかったな」

大家が目尻を下げて言う。

「これも大家さんのおかげです。ありがとうございました」

「いや、おまえさんたちが腐らず正直に生きてきたからだ。お天道様《てんとさま》はちゃんと見ていてくださるってことだ」

「でも、どんな話し合いになるか、まだわかりませんから」

「確かに、店に戻れるかどうかは話し合い次第だろうが、おゆきさんを認めてくれると言ったではないか」

「はい」

善之助はそのことは間違いないと思った。

「なんだか夢のようです」

おゆきが涙ぐんだ。

「だが、ふたりがここを出て行くことなったら長屋の連中も寂しがるな」

そのとき、戸が開いた。隣りのおとしだ。

「おゆきさん。ここを出て行っちゃうのかえ」

「おとしさん。まだ、決まったわけじゃありませんよ」

善之助が苦笑しながら言う。

「でも、そうなるんじゃないのかえ」

おとしは表情を曇らせ、

「せっかく、おゆきさんと仲良くなれたのに」

「おとし。気持ちはわかるが、ふたりの仕合わせを考えてやるんだ」

大家がたしなめる。

「そうですけど。あたしはおゆきさんがほんとうの妹のようで……」

「おとしさん、ありがとう」

おゆきが涙声で言う。

「あっ、いけない。もう出かけないと」

善之助はあわてた。

「じゃあ、行ってきます」

善之助は急いで長屋を飛び出した。


幸兵衛の店に着くと、大戸が開いていた。幸兵衛が開けたのだ。

「旦那さま、すみません。遅くなって」

「珍しいな」

「すみません」

幸兵衛は一昨日の外出の件は何も言わなかった。『風扇堂』に絡んでのことだと思えるが、その『風扇堂』の奉公人に善之助は襲われたのだ。

善之助が襲われたことは幸兵衛は知らないようだ。そのことを口にすべきかどうか迷いながら、そのきっかけがなく今に至っている。

それから半刻（一時間）後に、政吉が顔を出した。

「政吉さん」

帳場格子から立ち上がり、善之助は待ちかねたかように政吉を迎えた。

「どうした？」

政吉が不思議そうにきいた。

「お話ししたいことがあったのです。旦那との用事が済んだあとでも」

「わかった」

政吉は奥に行った。

きょうは取り立ての予定はないのか、政吉はすぐに戻ってきた。

「なんだ、話って」

政吉が土間に立って帳場格子の中の善之助に声をかけた。

「じつはきょうおとっつあんが長屋にやって来たんです」

「………」

「おゆきとの仲を許すから一度話し合おうって言ってくれました」

「おゆきとの仲を許す？」

政吉は疑わしそうな目で、

「なんで今頃、そんなことを言いだしたのだ？」

「数日前、長屋の大家さんがおとっつあんに直談判に行ってくれたんです。私とおゆきの縁組を認めてもらうために。そのときは、いい返事をもらえなかったそうです。

大家さんは憤然として帰って来ました。でも、その後、継母さんがおとっつあんに口添えしてくれたそうで」

「で、どうするんだ？」

「明日の夜、おゆきといっしょに『山形屋』に行くことになりました。じっくり話し合いたいというので、向こうに泊まってきます」

「今、なんて言った？」

政吉は目を剝き、善之助に摑みかからんばかりに迫ってきいた。

「どうしたんですか。そんな怖い顔をして」

善之助は体を思わず引いた。

「明日の夜、『山形屋』に泊まるって言うのか」

「そうです」

「やめるんだ」

「えっ？」

「やめておけ」

「どうしてですか」

善之助はきき返す。

「どうしてもだ」

「いえ。お言葉ですが、私は行きます。せっかく、おとっつあんが折り合ってくれたのです。この機会を逃しては……」

「だめだ」

「だから、なぜですか。その理由を教えてください」

「…………」

「そうか。私がおとっつあんに言い含められて、おゆきと別れるかもしれないと心配しているのですね」

善之助は政吉の心を推し量り、

「その懸念には及びません。何があっても、私はおゆきと別れません。それに、私はおゆきといっしょならどんな暮らしにも堪えられます。おゆきといっしょでなければ

『山形屋』に戻る気はありません」

「…………」

「どうか、私を信じてください」

　政吉は眉根を強く寄せて虚空を見つめていた。何を考えているのか、苦しそうな顔付きだった。

　やがて、政吉は顔を向けた。

「わかった。俺の頼みをきいてくれ」

「なんでしょうか」

「『山形屋』に行くのを一日ずらしてもらいたい」

「えっ、一日ずらす？」

「そうだ。明日ではなく明後日の夜にしてもらうのだ」

「なぜ、ですか」

「俺を信じてそうしてくれ。おまえの親父には、急用が出来たから一日ずらしてくれと頼みに行くのだ。そうだな。また、大家に御足労願え」

　問い返そうとしたが、政吉の真剣な眼差しに、善之助は受けいれざるを得なかった。

「わかりました。そうします」

「おまえたちのことは俺が必ず守ってやる」

政吉はいきなり戸口に向かった。

「政吉さん」

呼びかけたが、すでに政吉は外に出ていた。

「善之助」

奥から幸兵衛が出て来た。

「旦那さま」

「今耳に入ったんだが、誘き出されて襲われたというのはほんとうなのか」

「はい。旦那さまが呼んでいると誘き出されました。襲って来たのは『風扇堂』の奉公人です。助けてくれたお方がいて、どうにか無事でした」

「なぜ、『風扇堂』の者が……」

幸兵衛は呟く。

「旦那さまは『風扇堂』をご存じなのでしょうか」

「いや、知らぬ」

幸兵衛は厳しい顔で否定する。

善之助はここぞとばかりに問いかけた。

「お訊ねしてもよろしいですか」

「なんだ？」

「政吉さんとはどういう縁で？」

「ここで店を開くとき、借金の取り立てをする者を探していて見つけ声をかけたのだ。妹とふたり暮らしで、まっとうに暮らしている様子に信頼出来ると思ってな。その頃は花川戸に住んでいた」

「最初は花川戸からここまで通っていたのですか」

「そうだ。借金の取り立ての仕事だから、毎日決まった刻限に来てもらうことはないからな」

「私を雇ってくださったのは政吉さんの頼みだからですか」

「ちょうど前の奉公人が辞めたばかりだったのでな。何か、政吉に気になることがあるのか」

「はい。政吉さんは『風扇堂』を知っているように思えてならないのです。私が襲われた理由にも気づいているのではないかと」

善之助は打ち明けた。

「私も政吉が何をしているのか気にしていたところだ。今度、政吉にきいてみよう」

「お願いいたします」

善之助はそう言ったものの、幸兵衛とてほんとうのことを話していないのだ。どこまで信じていいのかわからなかった。

「旦那さま」

善之助は思い出して口にする。

「半刻（一時間）ばかり、お暇をいただきたいのですが。長屋に帰って大家さんに、お願いしたいことがあります」

「実家に泊まりに行くそうだな」

「はい。じつは政吉さんの頼みで明後日の夜に変えてもらうので、大家さんに」

「最初、政吉はやめろと言っていたな」

幸兵衛が厳しい顔で言う。

「はい。私が父の説き伏せに負けて、心変わりをするのではないかと心配してのことだと思います」

「いや、違う」

幸兵衛は首を横に振った。

「えっ。どういうことでございますか」

善之助は驚いてきき返す。

「いや、なんとなくそう思ったのだ」

幸兵衛は曖昧に答えた。


その日の昼下がり、善右衛門は客間に行った。

本所石原町の助三郎店の大家徳兵衛が待っていた。

「これは大家さん、何かございましたか」

向かいに腰を下ろすなり、善右衛門は訝《いぶか》しくきいた。

「善之助さんから頼まれて参りました。じつは明日の予定を明後日にしていただきたいとのことです。どうしても今の仕事のことで明日の夜は難しいと」

「そうですか。仕事なら止むを得ません。承知しました。明後日の夜、待っているとお伝えください」

「わかりました」

徳兵衛は頭を下げた。

「このことで、善之助はどんな様子でしたか」

「たいそう喜んでいます。おゆきさんのことを認めてもらえたのがうれしかったのでしょう」

「そうですか」

善右衛門は目を細めて頷く。

「それにしても、よくご決断なさってくださいました」

「家内が理解を示してくれましてね。家内の言葉で背中を押されました」

「そうでしたか。ともかく、私もほっとしています。お忙しいでしょうから私はこれで」

大家はそう言い、腰を上げた。

見送って戻ると、お民がいたので、

「善之助が明日ではなく明後日にしてくれとのことだった」

と、大家の用件を伝えた。

「明後日……」

お民の表情が一瞬翳ったような気がした。

「心配することではない。明日は仕事だそうだ」

「そうですか。それならいいのですが」

お民は微かにため息をついた。

「まあ、一日延びただけだ。そう力を落とすな」

お民が善之助がやって来るのをほんとうに楽しみにしていてくれたのだと思い、善右衛門はうれしかった。

「やっ、正太が泣いている」

正太の泣き声が聞こえ、善右衛門はあわてて奥の部屋に飛んで行った。

五

だいぶ陽が傾いていた。

栄次郎は新八の案内で下谷坂本町四丁目にある『風扇堂』が見通せる場所までやって来ていた。

「扇を商っていますが、それほど繁盛しているようには思えません。ですが、李太郎は妾まで囲っています」

新八は不思議そうに言い、

「見かけではわからないけれど商売は順調なのかもしれませんね。それとも、商売以外に実入りがあるのでしょうか」

「おそらく、後者でしょう。商売は隠れ蓑なのではないでしょうか」

栄次郎はある想像を働かせていた。もっとも確たる証があるわけではなく、赤い布の件だけからだ。

店先に三十過ぎの苦み走った顔の男が出て来た。

「沢五郎です」

「女にもてそうな顔立ちですね」

「ええ。近くの呑み屋の亭主に聞いたところ、女には不自由しないと言っていたそうです。いつも違う女といっしょだったと、やっかみ半分に言ってました。ただ、近頃はあまり女と連れ立って歩いている姿は見かけないそうです」

「どうしてでしょうか」

「亭主の話では、ひとりの女に絞ったんじゃないかと」

「ひとりの女ですか。沢五郎がひとりに絞ったという女はどのような女なのかちょっと気になりますね」

「栄次郎さんも、そういうことに関心を示すのですか」

新八は意外そうにきいた。

「いや。そうではなくて、主人の杢太郎は橋場に妾を囲っています。沢五郎もまたどこかに女を住まわせているのではないかと思いましてね」

「なるほど」

新八は真顔になって、

「呑み屋の亭主に沢五郎の女のことをきいてみます」

「そうですね。念のためにお願いします」

「やっ、客でしょうか」

商家の女中ふうの女が店先にいた沢五郎に文を渡した。沢五郎は文を開き、目を通した。それから女に何か言った。

女は引き上げて行った。丸顔の小肥りの女だ。

「恋文でしょうか」

「あの女は単なる使いですね」

「ひとりに絞った女の使いかもしれませんね。女のあとをつけてみましょうか」

「ええ、お願いします」

新八は寺町のほうに女のあとを追って行った。

沢五郎が店先からいなくなった。奥に行ったのだ。文の内容と関わりがあるかどうかはわからない。

しばらく経って、店先に背の高い男が現れた。三蔵だ。

三蔵はそのまま外に出て、三ノ輪のほうに足を向けた。栄次郎の勘が働いた。文の内容を見て、沢五郎は奥にいる杢太郎と三蔵に何か告げに行ったのだ。それで、三蔵がどこかに出かけた。やはり、文の内容を受けてのことではないか。

栄次郎は三蔵のあとをつけた。三蔵は三ノ輪のほうに向かった。西陽が射していたが、だんだん陽は沈んでいった。

三ノ輪といえば、安三と基吉の住まいがある。そこに向かうのかと思っていると、三ノ輪の手前の道を右斜めに折れた。

三蔵は下谷竜泉寺町《りゆうせんじちよう》に入った。大音寺《だいおんじ》の近くにある長屋に入った。

栄次郎は木戸口から三蔵の様子を窺った。三蔵は一番奥の家に入って行った。栄次郎は大音寺まで戻った。

ほどなく、三蔵が引き上げてきた。長屋の誰かに何かを伝えに来たのに違いない。

三蔵をやり過ごしてから、栄次郎は長屋に向かった。

長屋木戸を入ろうとしたとき、路地に浪人が現れたのであわてて木戸から離れた。

浪人は一番奥の家から出て来たようだった。

いつぞや、三ノ輪の『酔千』を出た安三と基吉に誘き出されたとき、待ち伏せていたのは無精髭の浪人と目の細い浪人だった。だが、今出て来た浪人は三十前の鋭い顔立ちだ。大柄で剣の腕も立ちそうだった。

浪人は木戸を出てから三ノ輪のほうに向かった。栄次郎はあとをつける。三ノ輪町を過ぎて田圃《たんぼ》に出た。

浪人は百姓家の離れに行った。栄次郎は気配を消して忍んだ。

浪人は離れの濡縁に向かい庭先に立った。

「ごめん」

浪人が声をかけて濡縁に上がった。開いた障子の隙間にふとんから起き上がった女の姿が見えた。

女は養生をしているようだった。

栄次郎は引き返した。

その夜、本郷の屋敷に新八がやって来た。

栄次郎は自分の部屋に招じた。

「栄之進さまは今夜は？」

新八はきいた。

「兄は今夜は宿直《とのい》です」

「そうですか」

「で、いかがでしたか」

「驚くじゃありませんか。あの女、『山形屋』に入って行きました」

「『山形屋』に?」

「そうです。誰の使いかわかりませんが、『山形屋』の女中でした」

「妙ですね。『山形屋』の誰かと『風扇堂』が通じているということになりますね」

「ええ。どういうことか……」

新八も首をひねる。

「栄次郎さんのほうはいかがでしたか」

「あのあと、すぐ三蔵が外出しました。行き先は下谷竜泉寺町の長屋でした」

そこの浪人の話をした。

「三蔵は仲間の浪人に何かを伝えに行ったのですね」

「そうです。何を伝えに行ったのか」

栄次郎は『山形屋』の女中ということを考えた。『山形屋』で何かあったのかもしれない。

明日、善右衛門に会ってみようと思った。

翌日、栄次郎は本郷の屋敷を出て、まっすぐ田原町の『山形屋』に行った。

家人用の入口に行き、格子戸を開けた。土間に入って案内を乞うた。すぐに、女中がやって来た。

「矢内栄次郎です。ご主人にお会いしたいのですが」

「はい、少々お待ちください」

女中は奥に引っ込んだ。

やがて、戻って来て、女中は栄次郎をいつもの客間に案内してくれた。

客間で待っていると、善右衛門がやって来た。

「お忙しいところを申し訳ありません」

「いえ」

「ちょっとお伺いいたしますが、こちらで何かの予定が変わったとか、そのようなことはありませんでしたか」

「予定が変わる？　いえ。そもそも、特別な予定などありません」

「そうですか」

栄次郎はふと思い出して、

「善之助さんがお見えになるのはいつでしたっけ」

と、きいた。

「あっ」

善右衛門が短く叫んだ。

「何か」

「予定が変わったといえば、善之助のことが」

「どういうことですか」

「当初の予定では、今夜善之助とおゆきさんがここにやって来ることになっていたのですが、一昨日になって急に予定を一日ずらしてくれと善之助から言ってきたのです。実際には大家が代わりに来たのですが」

「予定が一日ずれた……」

栄次郎は呟く。

「なぜ、そのようなことを?」

善右衛門が気になったようにきく。

「山形屋さんは下谷坂本町四丁目にある『風扇堂』という扇屋をご存じですか」

「いえ。知りません」

善右衛門は否定した。

「こちらの女中さんは『風扇堂』まで扇を買いに行かれることはあるでしょうか」

「いえ、行きません。扇屋なら田原町にいいお店がありますから」

「そうですか」

栄次郎はふと思い出して、

「こちらに丸顔の小肥りの女中さんはいらっしゃいますか」

「そのような女中はいくらでもおります」

「そうですか」

「矢内さま、いったいどういうことなのか教えていただけませんか」

善右衛門が問い返した。

「ええ」

栄次郎は迷った。

はっきりしないまま話して、ただ不安を煽《あお》るだけになってしまうことを恐れたのだ。

「失礼ですが、内儀さんは『風扇堂』とは？」

「聞いたことはありません。ただ……」

善右衛門は困惑したような様子で、

「家内の実家は坂本町三丁目にあります」

「えっ、内儀さんの実家が三丁目に？」

「お民は三丁目で手広くやっている炭屋の娘です」

「では、こちらに嫁ぐ前には『風扇堂』で買い物したりしたことはあったのでしょうか」

「特に聞いたことはありませんが……」

善右衛門は表情を曇らせ、

「『風扇堂』が何か」

と、きいた。

「じつは、あることで『風扇堂』を見張っていました。そこに、丸顔の小肥りの女のひとが『風扇堂』に文を届けたのです。その女のあとをつけたところ、『山形屋』に帰って行ったのです」

「…………」

善右衛門は啞然としている。

「ひょっとして、内儀さん付の女中に、丸顔の小肥りの女がいるのではありませんか」

「お民が嫁いできたとき、いっしょについてきた女中です」

「そうでしたか」

「どういうことなのでしょうか」

「これはあくまでも想像です。そのおつもりでお聞きください」

そう断り、栄次郎は口にした。

「内儀さんが文をその女中に持たせたのでしょう。文の中身は、善之助さんが来る日が一日延びたことを伝えるものだったと思います」

「なぜ、そんなことを……」

栄次郎は容易ならざる企みが進められていることに気づいた。

「お民がわしを裏切っていると?」

善右衛門の声が震えた。

「いいえ。まだわかりません。なんの証もないことです」

「そうだ。考えすぎだ」

善右衛門は憤然と言い、いきなり立ち上がり、

「お民にきいてみる」

と、部屋を出て行こうとした。

「いけません」

栄次郎は立ちふさがった。

「なぜですか。疑いをかけられたお民のためにもお民の話を聞かなければ……」

「内儀さんを問い質《ただ》しても無駄です」

「なぜですか」

「ほんとうのことを喋ると思いますか。語ったことが真実だとどうやって決められるのですか」

「………」

「さあ、お座りください」

善右衛門は元の場所に腰を下ろした。

栄次郎も向かいに座り、

「今、『山形屋』で何かが起ころうとしています」

「何が起こると言うのですか」

「私はたまたま『山形屋』の裏口の近くで足首に赤い布を巻いた不審な男を見ました。赤い布で思いつくのは赤間一味という押込みです」

「押込み……」

「その不審な男は『風扇堂』の者から雇われた者でした。私は『風扇堂』の者が赤間一味だと思いました。赤間一味が『山形屋』を狙っている。そう思ったのですが、なかなか押し込む気配を見せませんでした。そのうち、善之助さんが『風扇堂』の者に襲われたのです」

「なんですって。善之助が襲われた？」

「私の知り合いが助けました。そのときは、なんのために善之助さんが襲われたのかわかりませんでした。ですが、その後急に善之助さんが『山形屋』に呼ばれた。今、ようやくその意味がわかりました」

「……………」

「明日の夜。押込みがあるはずです。そして、善右衛門さんと善之助さんを殺す。赤間一味に殺されたことにする」

「嘘だ」

善右衛門が声を震わせた。

「矢内どのはどうかしている。お民はそんな女ではない」

「もし、早々と善之助さんを勘当していたら、早い段階で押込みに襲われていたと思います。善右衛門さんを殺せば、善之助さんは勘当の身。『山形屋』は内儀さんの思うまま。ところが、なかなか勘当しない。だから、押込みが出来なかったのです」

「信じられない」

「山形屋さん。よくお聞きください。今、私から聞いたことは胸に納め、誰にも言わないでください。特に内儀さんには」

「………」

「それから、明日の夜、善之助さんが来る日、私をこの家のどこかに忍ばせてくれませんか」

「ありえない。そんなことがあるはずない」

善右衛門は憤然と言う。

「何も起きなければそれに越したことはありません。万が一に備えて、私をこの家に潜ませてください。明日になれば、すべてが明らかになるはずです」

栄次郎は善右衛門を叱咤するように、

「よいですか。いつものように振る舞うのです。まわりに怪しまれてはいけません。『山形屋』を守るためです。善之助さんを守るため、一世一代の芝居をしなければなりません。よいですね」

「わかりました。やってみます」

善右衛門は悲壮な覚悟を見せて言った。

第四章　迎え撃ち

一

朝からどんよりした空だ。陽射しがなく、肌寒い。

栄次郎は新八と神田明神の境内にやって来た。人気《ひとけ》のない場所に移動し、栄次郎が口を開いた。

「『山形屋』の内儀さんの実家は坂本町三丁目の炭屋だそうです」

「やはり、そうでしたか。聞き込んだところによると、沢五郎は炭屋の娘といい仲だったそうです。親の反対に遭って、娘のお民は『山形屋』の後添いになったそうです」

「やはり、そうでしたか」

栄次郎はもはや今回の件にお民が絡んでいることは明白だと思った。だが、証《あかし》はなく、お民を問い詰めても無駄だ。

やはり、泳がせて、このまま押込みをさせる以外にはない。

「私は今夜、『山形屋』で押込みを待ち受けます」

栄次郎は言う。

「あっしは政吉をつけます。『風扇堂』を見張っていれば、政吉もやって来るかもしれません」

新八は政吉のあとをつけながら、とうとう住まいを見つけ出せなかったという。常に用心しているのだ。

「やはり、政吉は押込みの仲間なのでしょうか」

栄次郎は憤然と言う。

「わかりませんが、杢太郎たちと行動をともにするでしょう。もしかしたら、政吉は橋場の妾の家から『山形屋』に向かうということも考えられます」

「そうですね」

新八は迷った。

政吉が押込みの仲間だとしたら、押し込んだ先におゆきもいるのだ。このことを、政吉は知らないのだろうか。

いや、善之助かおゆきから聞いているはずだ。それでも、政吉は押込みの仲間に加わるのだろうか。

「これから、金貸し幸兵衛に会ってきます。幸兵衛が、ほんとうに今回の件に関わっていないのか」

栄次郎は言う。

「わかりました。あっしはとりあえず、橋場に行ってみます。政吉がいるかもしれませんので」

新八と別れ、栄次郎は本所石原町に向かった。

金貸し幸兵衛の店はいつものように暖簾がかかっていた。

栄次郎は暖簾をくぐって土間に入った。帳場格子には幸兵衛が座っていた。

栄次郎は帳場格子に向かい、

「善之助さんはきょうは？」

「休みです」

「『山形屋』に行くので？」

「どうして、それを？」

幸兵衛は眉根を寄せた。

「政吉さんに連絡がつきますか」

「なぜですか」

幸兵衛は警戒ぎみにきいた。

「政吉さんが今夜、何をするかご存じですか」

「今夜？」

幸兵衛は怪訝そうな顔をした。

「お話があります。教えていただきたいのです」

栄次郎は頼んだ。

しばらく栄次郎の目を見ていたが、やがて幸兵衛は頷いた。

「どうぞ、お上がりください」

「店は？」

「閉めます」

幸兵衛は立ち上がり、土間に下りた。

暖簾を仕舞って戻って、幸兵衛は栄次郎を奥の部屋に誘った。

庭に目を向けると、薄陽が射して、庭の草木を照らしていた。天気が回復していくようだ。

「先日、お伺いしたことですが、下谷坂本町四丁目にある『風扇堂』の杢太郎をご存じではありませんか」

栄次郎はもう一度きいた。

「なぜ、そんなことを気になさるのですか。私が知っていようが知らなかろうが、たいした影響はないと思いますが」

幸兵衛は冷笑を浮かべた。

「では、はっきり申しましょう。あることを確かめたいのです」

「何をでございますか」

「杢太郎は、赤間の繁蔵に誘われ、赤間一味として押込みに加わったことがあるのではないか。そう思ったのです」

「なぜ、そのように？」

幸兵衛は笑みを引っ込めた。

「私はたまたま『山形屋』の裏口付近で、足首に赤い布を巻いた小間物屋を見かけました。赤い布を見て、赤間一味を思い出しました。その後、赤い布を巻いた不審な男が何度か目撃されていました」

幸兵衛はじっとして聞いている。

「あるとき、私はその男をつけて事情をきくと、『風扇堂』の奉公人三蔵という男から金で雇われてそんな真似をしていると打ち明けたのです」

「………」

「なぜ、杢太郎がそんな真似をさせたのか。今は、そのわけに想像がつきます。その想像があっているかどうか、あなたに確かめたかったのです」

「なぜ、私に？」

「あなたが赤間の繁蔵ではないかと思っているからです」

「なにをばかな」

幸兵衛は失笑した。

「これもあくまでも想像です。三年前、佐賀町で起きた火事で、道具屋の『倉田屋』の主人と番頭が焼死しました。私はこのふたりは赤間の繁蔵のふたりの子分だったのではないかと思っています」

「………」

「このふたりの焼死にも疑問があります。いくら酒を呑んでいたとはいえ、火事にも気づかずに酔いつぶれてしまったことが解《げ》せません。ともかく、子分ふたりが死んで、赤間の繁蔵の顔を知っている者はいなくなりました」

「その赤間の繁蔵が私だというのですか」

幸兵衛は口許を歪めた。

「私はそう思っています」

「証は？」

「ありません。ですから、あなたを訴えることは出来ません。もっとも、私は訴えるつもりはありませんが」

「では、なぜ、執拗に問い掛けるのですか」

「杢太郎が赤間一味だったのか、そのことが知りたいのです。それがわかれば、杢太郎が赤い布をつけさせた理由が明らかになるからです」

「なぜですか」

幸兵衛は恐ろしい形相になった。

「今夜、善之助さんが『山形屋』に泊まり掛けで出かけることをご存じですね」

「知っている」

「なぜ、そういうことになったのか。『山形屋』の内儀の助言で、主人の善右衛門さんが決断されたのです」

「……」

「この『山形屋』の内儀と『風扇堂』のもうひとりの奉公人沢五郎は恋仲だったそうです。今でも、つながっているようです」

栄次郎は膝を進め、

「善之助さんが襲われたことをご存じですか」

幸兵衛は頷く。

「襲ったのは沢五郎と三蔵です。しかし、失敗した。そのとたんに、善之助が『山形屋』に招かれた。そして、今夜、『山形屋』に善右衛門と善之助の親子が揃うのです」

「まさか、李太郎たちが押込みを?」

幸兵衛が目を剝《む》いてきいた。

「押込みに見せかけ、狙いは善右衛門と善之助です。ふたりを殺し、『山形屋』を乗っ取る。これが李太郎と内儀のお民の目的です。ふたりがいなくなったあと、お民は沢五郎を婿《むこ》に迎える」

「ばかな。そんなあからさまなことをしたら、すぐ企みがばれるではありませんか」

「いえ。押込みは赤間一味の仕業です。赤間の繁蔵が久しぶりに押込みをやったということにするために、事前に赤い布を身につけた男を『山形屋』周辺でうろつかせていたのです」

「…………」

「赤間一味が押し込み、主人の善右衛門と善之助が殺された。内儀のお民はそう訴えるでしょう」

「なんと」

「あくまでも私の憶測に過ぎません。ただ、李太郎が赤間一味だったことがわかれば……」

「矢内さま」

幸兵衛は口をはさんだ。

「私は赤間の繁蔵ではありません。したがって、李太郎がどんな男か私には言うことが出来ません」

幸兵衛は首を横に振った。

「そうですか」

栄次郎は正直に答えるとは思っていなかったので、それほどの落胆はなかった。

「ところで、政吉さんとはどのような関係なのでしょうか」

「ここで店を開くとき、借金の取り立てをする者を探していて見つけたのです。妹とふたり暮らしで、まっとうに暮らしている様子に信頼出来ると思いました」

「借金の取り立てだけなら、毎日仕事があるわけではありませんね」

「ええ」

「では、それだけでは暮らしは苦しいのでは？　他に何かやっているのでしょうか」

「さあ、やっているかもしれません。そのあたりのことは私は口出ししませんので」

「政吉さんの住まいはどちらでしょうか」

「花川戸の家以外知りません」

「それでは、連絡はどうするのですか」

「必ず、一日一度は店に顔を出すのが決まりになっていますので」

「ずいぶん寛大なんですね」

「それで用が足りていますから」

「政吉さんと『風扇堂』の李太郎がつながっていることはご存じですか」

「………」

「政吉さんは橋場に住む李太郎の妾と親しくしていたようです。そのことを李太郎に知られることになったのではないかと。そのため。政吉さんも今夜の押込みに加わるかもしれません」

「まさか」

幸兵衛は衝撃を受けたようだ。だが、すぐ何かを思い出したように、

「政吉は……」

と、言いかけた。

「政吉さんはどうかしたのですか」

「善之助が『山形屋』に呼ばれた話をしたとき、政吉は一日延ばせと善之助に強く迫っていました」

「一日延ばせ？　政吉さんが言ったのですか」

「そうです。それで、善之助は大家さんに頼んで『山形屋』に行ってもらったはずです」

「そうですか。政吉さんが一日延ばすように言ったのですね」

栄次郎は頭を忙しく回転させた。

「そうか。政吉さんは……」

栄次郎はあることに気づいた。

「きょうは政吉さんはここに来ることになっていますか」

「いえ、明日は用事があって休ませてくれと」

「政吉さんは杢太郎らの狙いに気づいたのに違いありません。政吉さんは死ぬ気かもしれません」

「死ぬ気ですと？」

「失礼します」

栄次郎は戸口に向かった。

「お待ちください」

幸兵衛の声を無視して、栄次郎は善之助とおゆきの住む長屋に急いだ。

木戸を入り、善之助の家に辿り着いた。

ごめん、と声をかけて、栄次郎は腰高障子を開けた。だが、部屋に誰もいなかった。

隣りの家の戸が開いた。

「善之助さんとおゆきさんは出かけましたよ」

「出かけた？」

こんなに早く出かけたのかと、栄次郎はため息をついた。

ふたりから政吉の住まいをききだそうと思ったのだ。なんとか政吉に会わなければならないと思った。

栄次郎は政吉の気持ちが手にとるようにわかった。政吉は『山形屋』に押し込んだあと、ひとりで杢太郎たちに立ち向かおうとしているのだ。

政吉は『山形屋』を守ろうとしているのだ。政吉は死ぬ覚悟をしているのに違いない。

善右衛門がおゆきを嫌っている大きな理由に、政吉の存在があった。おゆきを嫁にしたら、兄の政吉に『山形屋』が蝕《むしば》まれる。そんな恐れを抱いていたからだ。

政吉は命を張って『山形屋』を守ることで、おゆきを認めてもらおうと考えているのだ。そうに違いないと、栄次郎は思った。

栄次郎は長屋木戸を出た。


それから栄次郎は吾妻橋を渡って橋場に行った。

真崎稲荷近くにある杢太郎の妾おつなの家までやって来た。どうしても、政吉に会わねばならないという思いが強く、門を入って格子戸を開けた。

「ごめんください」

土間に入り、奥に向かって呼びかけた。

しばらくして、うりざね顔の女が出て来た。気だるそうな物言いで、

「なんですか」

と、きいた。

「政吉さんを探しています、こちらに来ていませんか」

「お侍さん。何か勘違いなすっていませんか。政吉なんて男は知りませんよ」

おつなはとぼける。

「ほんとうにいないのですね」

「いませんよ」

「そうですか。『風扇堂』の主人の使いで来たのですが、どうやら場所を間違えたかもしれません。失礼しました」

「待って」

「『風扇堂』の旦那の使いだったのですか」

「まあ」

栄次郎は曖昧に答える。

「政吉さんはきょうはここには来ませんよ」

「失礼ですが、政吉さんとあなたは……？」

「いやですよ。へんな関係じゃありませんよ。私が『風扇堂』の旦那の囲われ者だと知って頼みに来ただけなんですよ」

「どういうことですか」

「旦那に引き合わせてくれと頼まれたのですよ」

「なぜ、旦那に？」

「そんなこと知らないわ。それより、政吉さんは旦那といっしょじゃなかったの？」

「あとで落ち合うそうです」

「そう。じゃあ、今どこにいるのかしら」

「心当たりはありませんか」

「わからないわ」

「そうですか。わかりました。失礼いたします」

栄次郎は外に出た。

ほんとうに政吉は李太郎に引き合わせてもらうためにおつなに近付いたのだろうか。政吉にとって李太郎はどういう存在だったのか。

それより、政吉はどこにいるのだ。政吉の腹の内がわかった今、栄次郎は自分の存在を教えて無謀な真似をするなと伝えたいのだ。

栄次郎は止むなく、夕方までお秋の家で過ごすことにした。今戸のほうに向かって歩いていると、前方から新八がやって来た。

「新八さん。政吉の居場所はわかりましたか」

「いえ、それがわからないのです」

「そうですか。私もどうしても政吉さんに会わなくてはならないことが出来て、妾の家まで行ってきたのですが……」

「政吉に何か」

「政吉は『山形屋』を守ろうとしているんです」

そう言い、政吉の真実を話した。

「そうだったんですか」

栄次郎の話を聞き終え、新八は感心したように言い、

「政吉にはどこか匿ってくれる家があるようですね」

「新八さん。もし、政吉に会えたら、私が『山形屋』の庭に潜んでいることを伝え、決して無謀なことをするなと」

「わかりました」

新八は請け合った。

駒形町から黒船町に入り、お秋の家に着いた。

土間に入ったとたん、お秋が近付いてきた。

「栄次郎さん、今までお客さんがお待ちだったのよ。半刻（一時間）も待ってたの。でも少し前にお帰りになったけど」

「そうでしたか。どんなお方でしたか」

「政吉さんと仰っていました。二十六、七の……」

「どっちに行ったかわかりますか」

「通りのほうに向かいましたけど」

栄次郎は土間を飛び出した。まさか、政吉のほうから訪ねてくるとは思わなかった。

通りに出て左右を見る。蔵前《くらまえ》のほうにも駒形《こまがた》のほうにもそれらしきひと影はなかった。政吉と会えなかったことに、栄次郎はただ茫然としていた。


辺りが暗くなってから、栄次郎は田原町の『山形屋』に向かった。

途中で、新八が近付いてきた。

「政吉は見つかりませんでした」

「そうですか。もしかしたら、『風扇堂』にいるのかもしれませんね」

「ええ、これから『風扇堂』に行ってみます。賊が『山形屋』の裏口に到着したら合図を送ります」

「いえ、李太郎に不審がられることはやめておいたほうがいいでしょう」

「わかりました。じゃあ、あっしは『風扇堂』に行ってみます」

「頼みました」

栄次郎は新八と別れ、『山形屋』に行った。

いつものように家人用の入口に立ち、格子戸を開けた。いつもの女中が出て来た。

用件を言う前に、女中は栄次郎を客間に案内してくれた。

「若旦那の善之助さんは帰っていらっしゃいますか」

客間に入るとき、栄次郎は女中に確かめた。

「はい。お帰りでいらしゃいます」

「そうですか」

女中が去って、栄次郎は部屋の真ん中で待った。

足早に、善右衛門がやって来た。

「矢内さま。だいじょうぶでしょうか。だんだん、落ち着かなくなりました」

「心配いりません。善之助さんとおゆきさんはいらっしゃっているのですね」

「はい。向こうの部屋におります」

善右衛門は落ち着かぬげに答える。

「じつは、押込みの一味におゆきさんの兄の政吉が入っています」

「なんですって。政吉が」

善右衛門の顔色が変わった。

「落ち着いてください。政吉さんは体を張って『山形屋』を守ろうとしているのです」

「どういうことですか」

「政吉さんは『風扇堂』の杢太郎が『山形屋』を襲うわけに気づいたのです。おそらく善之助さんがここに来る日を延ばしたのは政吉さんが言いだしたことではないでしょうか。あることを確かめるために」

栄次郎は政吉がやろうとしていることを話した。

善右衛門は困惑した顔付きだった。

「どうか信じてあげてください」

「今夜、わかることですから」

善右衛門は冷めた口調で言い、

「でも、ほんとうに押込みがありましょうか」

「あります。内儀さんの息のかかった女中が裏口を開けて押込みの一味を庭に引き入れるはずです」

「…………」

「私は庭の植込みに潜んでいます。賊の動きを見計らい、飛び出しますので」

「庭に入ったときに始末できないのですか」

「賊をやっつけるだけならそれでいいのですが、内儀さんの正体を暴くためには賊を家の中に引き入れなければなりません」

「わかりました。で、奉行所の捕り方は？」

「崎田さまに手配をお願いしてあります」

「そうですか」

「では、私は帰る振りをして庭の植込みに隠れます」

「家内には矢内さまはお帰りになったと言っておきます」

「お願いします」

栄次郎は立ち上がって、縁側から庭に下りた。下男が栄次郎の履物を移しておいてくれた。

栄次郎は暗くなった庭を裏口に向かい、その近くの植込みの中に隠れた。

まだ六つ半（午後七時）だ。賊が侵入するまで、かなり待たねばならない。夜になって、少し肌寒くなった。

二

栄次郎が庭に消えたあと、善右衛門は居間に戻った。

「矢内さまは？」

お民がきいた。

「お帰りになった」

「そうですか。で、政吉のことで何かわかったのですか」

「いや。まだだ」

「まだですか」

お民は眉根を寄せ、

「ほんとうに調べてくださっているのでしょうか」

「どうしてだ？」

「だって、いまだに政吉のことがはっきりしないではないですか。ほんとうに調べているのか、それとも矢内さまと政吉はつながっているのか」

「ばかを言うな。矢内さまはそんな御方ではない。第一、与力の崎田さまの名代《みょうだい》として我らに力を尽くしてくださっているのだ」

「それならいいのですが」

おまえは『風扇堂』の仲間かと、善右衛門はお民に問いかけてみたい衝動に駆られた。なんとか抑えたが、問いかけても正直に答えるはずはないし、逆に警戒をさせてしまうことになる。

しかし、矢内栄次郎が言うように、お民が自分を裏切ることなどあり得るだろうか。

正太という子どもまでいるのだ。

そう考えると、ほんとうに押込みがあるのかどうか疑わしい。すべて政吉に翻弄《ほんろう》されているのではないか。そんな気がしないでもない。

「おゆきさんはなかなかしっかりした女子ですね。善之助さんにほんとうに似つかわしいと思います」

お民がおゆきを褒めた。

以前はぼろくそに言っていたのに、お民は言うことが変わっていた。いったい、何がきっかけなのか。

善之助をここに呼んで話し合ったほうがいいと言いだしたのはお民だ。矢内栄次郎が言うようにお民に企みがあってのことだろうか。

「どうかなさいましたか」

お民がきいた。

はっと我に返り、

「なんでもない。それより正太はだいじょうぶか」

と、善右衛門はきいた。

「はい。向こうで遊んでいます」

お民が嫁いできたときにいっしょについてきた女中が正太の面倒を見ている。乳母のようなものだ。

「正太はあまりわしのそばに来ようとしないな」

善右衛門は正直な思いを口にしたとき、あっと叫びそうになった。お民は不思議そうに見ていたが、今度は何も言わなかった。

「正太のところに行っています」

お民は部屋を出て行った。

正太はあまり自分になつかない。仕事にかまけてあまり気にしなかったが、正太と触れ合う機会は少なかった。

生まれたときからそうだった。こっちがあやしてもあまりはしゃがない。だから、だんだん正太から離れて行き、お民に任せきりになった。

年取ってからの子どもは可愛いものだというが、善右衛門に限ってはそれが当てはまらなかった。

正太はほんとうに俺の子だろうか。善右衛門ははじめて疑問を持った。お民の実家は下谷坂本町三丁目だ。『風扇堂』は隣り町だ。お民が『風扇堂』を知っていたとしても不思議ではない。

仲人の女は、お民は近所でも評判の器量良しで縁談は降るようにあったと言っていたが、なぜお民は年の離れた男の後添いになることを決心したのか。親の意向だとはいえ、なぜお民は……。

「おとっつあん」

障子の外で、善之助の声がした。

「お入り」

善右衛門は応じた。

「失礼します」

善之助とおゆきが入ってきた。

「ゆっくり出来ているか」

「はい。おかげさまで」

「おゆきさんはどうだね」

「はい。おかげさまで」

「それはよかった」

「おとっつあん」

善之助が真顔になった。

「どうした？」

「なぜ、継母さんはあんなにやさしくなったのですか」

「やさしいか」

「はい。おゆきにも。いったい何があったのかと思いましてね。私を呼ぶようにおとっつあんに進言したのも継母さんだそうですね」

「お民は自分でそう言っていたのか」

「はい」

善之助は頷いた。

「やさしいのなら結構なことではないか」

「そうなんですが……。私にこう言いました。善之助さんは『山形屋』に戻っておゆきさんを嫁にして跡を継いでもらうのが一番いいと」

「……………」

「今まで、反対していたのに、どうしてそんなに大きく変わったのか、かえって無気味になりました」

「それは……」

善右衛門は何か言おうとしたが、言葉がうまく出なかった。

「それからおとっつあん、正太のことですが……」

「なんだ？」

善右衛門は胸騒ぎがした。

「久しぶりに見たのですが」

善之助は言い淀んでいたが、

「いえ、よけいなことでした。すみません。忘れてください」

と、言いなおした。

「言いかけたのだ。話してくれ。正太がどうしたんだ？」

「ずいぶん眉が太くて濃いなと思いまして」

「…………」

「幼子のことですから、この先どう変わっていくのかわかりませんが、うちの家系にはない顔立ちだと思ったのです」

「どういうことだ？」

善右衛門は胸が圧迫され、息苦しくなっていた。

「いえ、ただ正太はおとっつあんにあまり似ていないと思いまして」

「…………」

善右衛門ははっとした。

善之助も疑っているのだ。いや、以前からお民には不審を抱いていたのかもしれない。

「すみません、よけいなことを。ただ、ゆくゆくは正太が『山形屋』を継ぐことになりますから、ちょっと気になりまして」

「わかった」

善右衛門は体が地の底に沈んでいくような衝撃と闘った。やはり、正太は俺の子ではないのだ、と悟らざるを得なかった。

正太が自分に懐かないのも、母親であるお民が善右衛門に対して思いを寄せていないからだ。母親の心を映していないのだ。

善右衛門は深呼吸をし、善之助とおゆきを交互に見てきいた。

「ちょっときくが、おまえたちがここに来る日を一日ずらしたな。大家さんの話では、善之助の仕事の都合ということであったが、ほんとうにそうなのか」

「それは……」

善之助が返答に詰まっている。

「ひょっとして、政吉さんが言いだしたのではないか」

善右衛門は先回りして言った。

「はい、そうです」

善之助が答える。

「なぜ、政吉さんはそのようなことを？」

「わかりません。ただ、政吉さんはおまえたちを必ず守ると仰っていました」

「そうか」

政吉は『山形屋』を守ろうとしているのだという矢内栄次郎の言葉が蘇る。

「政吉さんはきょうはどちらに？」

「わかりません。兄は私には何も言いませんので」

「住まいはどちらで？」

「古い知り合いの家に厄介になっているのだと思います。兄は……」

おゆきは言いさした。

「おとっつあん」

善之助が助け船を出すように口をはさんだ。

「政吉さんは決してよからぬことを企むひとではありません。私たちにもよくしてくださいます」

「うむ」

そのとき、障子の向こうで声がした。

「旦那さま。お支度が整いましたのでお出でくださいとのことでございます」

お民が善之助とおゆきを歓待したいと酒席の用意したのだ。

「わかった。すぐ行く」

善右衛門は答えてから、

「よいか、酒はほどほどに。酔うではない。いいな」

と、善之助とおゆきに向かって言った。

不思議そうな顔で、ふたりは頷いた。善右衛門はますます不安が募っていった。

三

夜が更けるに従い、風が冷たくなっていくのがわかった。植込みの中で、栄次郎は木の根っこに腰を下ろして待っていた。

母屋のほうで賑やかな話し声が途絶えてだいぶ時が経った。すでに寝間に入ったか。月の位置から、四つ（午後十時時）は過ぎたろう。

微《かす》かに足音が近付いてきた。母屋から出て来た女が裏口に向かった。例の女中らしい。

女中は裏口の戸の閂《かんぬき》を外した。そして、すぐ引き返した。

栄次郎は手にしていた大刀を腰に差し、裏口の近くまで出た。

耳を澄ますと、塀の外に数人の足音。やがて、戸が静かに開いた。まず、背の高い男が庭に入り、続けて細身の男と小肥りの男。みな、黒い装束で尻端折りをして、黒い布で顔を隠していた。だが、三蔵、沢五郎、杢太郎の順で入ってきたのだとわかった。

そのあとは下谷竜泉寺町で見かけた浪人だ。そして、最後の黒装束の男が政吉に違いない。

　みな、足首に赤い布を巻いていた。五人は母屋に向かった。

　三蔵が廊下の雨戸を外しにかかった。政吉が三蔵に近付いた。匕首の切っ先を雨戸の下に入れようとしたとき、

「三蔵さん、やめるんだ」

　と、政吉が三蔵の体を突き飛ばした。

「何をしやがる」

　三蔵はよろめき、すぐに体勢を立て直した。

「『山形屋』には入らせねえ」

「政吉、てめえ、裏切るのか」

　李太郎が押し殺した声で言う。

「裏切るんじゃねえ。最初からこのつもりだったんだ」

　政吉が言い返す。

「きさま」

　三蔵が匕首を構えた。

「敵《かな》わねえまでも相手になるぜ。その間に騒ぎを聞きつけ、町方がやって来る」

栄次郎はあっと思った。どうやって、政吉は体を張って『山形屋』を守ろうとしているのかと思っていたが、政吉は最初から死ぬ気なのだ。だから、このような無謀な振舞いが出来たのだ。

「ふざけやがって」

三蔵が切っ先を向けて突進してきた。政吉が横っ飛びに逃れ、

「『山形屋』のお方、外に出てはだめですぜ」

と、大声で叫んだ。

栄次郎は飛び出す機会を窺っていた。政吉が危うくなったときに助けに入ろうとした。政吉が『山形屋』を救った形にしたかったので出て行くのを辛抱した。

沢五郎も匕首を構え、三蔵と挟み打ちのように政吉に迫った。母屋を背にした政吉は逃れられない。

栄次郎が飛び出そうとしたとき、黒い影が飛び込んできた。

「待て。俺が相手だ」

黒い影が怒鳴った。

杢太郎たちが振り返った。黒い影は同じような黒装束で、顔を布で覆っていた。大柄な男だ。

「誰でえ」

李太郎が叫ぶ。

「李太郎」

黒い影が名を呼んだ。

「てめえ、誰なんだ？」

李太郎があわてた。

「その赤い布はなんだ？」

「まさか」

「そうだ。赤間の繁蔵だ。赤間一味を騙《かた》って押し込むと聞いて黙っていられなくなったんだ」

赤間の繁蔵と聞いて、栄次郎は目を疑った。なぜ、繁蔵が……。それより、本物か。

いや、体つきは金貸し幸兵衛にそっくりだ。

やはり、幸兵衛は赤間の繁蔵だったのか。

「旦那。こいつをやってくれ」

李太郎は浪人に声をかけた。

「よし」

浪人は刀を抜いた。

善右衛門はやはり押込みがあったと知って愕然とした。まさかという思い、そしてお民を信じたいという気持ちもあった。

善之助が寝間に飛び込んできた。

「おとっつあん。庭に賊が」

「落ち着くんだ。手は打ってある」

善右衛門は善之助に言った。

「さっきの声は政吉さんのようでした。おゆきも、兄さんの声だと」

「そうだ。政吉さんだ」

善右衛門は言い切った。

「えっ、どうして？」

「事情はあとだ。みなを二階に行かせるのだ」

善右衛門は急かし、善之助は寝間を出て行った。

「お民。さあ、二階に行くんだ」

お民は青ざめた顔をしていた。そこに、お民お抱えの女中が駆け込んできた。

「内儀さん」

女中はうろたえている。この女が裏口を開け、賊を入り込ませたのだと怒りが込み上げていたが、

「お民と正太を二階に上げるのだ」

と、善右衛門は女中に命じる。

「はい」

女中はお民の背中に手をまわした。

「さあ、内儀さん」

お民は放心したように茫然としている。

善右衛門は番頭や手代たちを集め、

「よいか、今、庭に押込みの賊が侵入した。戸口を固め、廊下の雨戸を破られないように見張るのだ。賊を中に入れてはだめだ」

一気に言い、やって来た善之助に、

「お民と女中を二階に上げ、妙な動きをしないように見張るのだ」

と、命じた。

「はい」

わけをきかなかったが、善之助はお民を探した。

善之助は寝間に向かった。だが、お民と女中はいなかった。廊下に出て、お民と女中を探す。

台所のほうに向かう廊下に女のひと影が見えた。善之助はあとを追った、台所に行くと、女中が勝手口の戸の心張り棒を外そうとしていた。

「なにをしているのですか」

善之助が大声を出すと、女中がびっくりして飛び上がった。

「なんでもありません」

「外に出るつもりだったのか」

「いえ」

「では、なんで心張り棒を？」

「外の様子が気になって」

「外の様子だと？」

「はい。いったい何があったのかと気になって」

「いいんです。さあ、二階に行ってください。賊が侵入した場合に備え、二階に逃げているのです」

「はい」

女中はやっと戻って二階に上がった。お民は正太といっしょにいた。

おゆきにふたりの傍にいるように言い、善之助は父を探した。善右衛門は庭に面した廊下にいた。

「おとっつあん」

「お民と女中は二階に行ったか」

「継母さんはいましたが、女中が台所の戸を開けようとしていましたので、やめさせ二階に上がらせました」

「そうか。裏口の戸を開け、押込みを引き入れたのはその女中だ」

「なんですって」

「もちろん、お民の指示だ。いいか、ふたりを見張っているのだ」

「でも、どうするのですか。外で政吉さんがひとりで賊と闘っているのではありませんか。助けないと」

「善之助、よく聞け。賊は押込みではない。賊の狙いはわしとおまえの命だ」

「えっ」

善之助は息を呑んだ。

「お民と賊は仲間だ。お民から目を離すな」

「わかりました」

善之助は梯子段を駆け上がり、二階の大広間に行った。奉公人たちが不安そうに集まっていた。

お民は正太を抱え、女中と隅にいた。そばに、おゆきがいた。

善之助は二階の部屋の窓を開け、庭を覗いた。

赤間の繁蔵が浪人と対峙《たいじ》していた。浪人の剣は鋭い。繁蔵はじりじりと追いつめられて行った。

「覚悟」

浪人が剣を振りかざした。

「待て」

栄次郎は鋭い声を発した。

その声に、浪人の動きが止まった。

「この浪人は私に任せ、政吉さんの応援に」

栄次郎は赤間の繁蔵に言う。

「わかった」

繁蔵は政吉のほうに向かった。

政吉は三蔵と沢五郎を相手に死闘を繰り広げていたが、圧倒されていた。繁蔵が応援に駆けつけ、政吉は息を吹き返した。

栄次郎はそれを見届け、改めて浪人と立ち合った。

「あなたは『風扇堂』の杢太郎から金で雇われたのですか」

栄次郎は問いかける。

「そうだ。もらった金のぶんは働かなければな」

浪人は剣を眼前に立てて構えた。栄次郎は鯉口を切る。

「いくぞ」

そう言うや否や、浪人は上段から袈裟《けさ》懸《が》けに襲ってきた。栄次郎は腰を落とし、踏み込みながら抜刀する。栄次郎の剣のほうが鋭く相手の胴を襲った。だが、相手は素早く反応し、身を翻して栄次郎の剣を避けた。

再び、向かい合った。

「ひとつ、お伺いしてよろしいですか」

栄次郎は剣を鞘に納めてからきいた。

「三ノ輪の先にある百姓家の離れで養生をしているお方はどなたですか」

「どうしてそれを?」

「以前、三蔵のあとをつけてあなたの長屋まで行きました。そのあとで、あなたが三ノ輪まで出かけたのです」

「………」

「女の方でしたね。どなたですか」

「妻だ」

浪人は答えた。

「そうですか。では、薬代のために……」

「………」

浪人は答えなかった。

「もし、こんなことをして万が一のことがあったら、ご妻女どのはどうなるのですか」

「心配ない」

「心配ないとは、生きて帰る自信があるということですか」

「違う」

「違う？」

「わしに万一のことがあれば、妻は自害する。ふとんの下に短刀を用意してある。だから、そなたも遠慮はいらぬ。思い切ってかかって来い」

浪人は再び斬り込んできた。栄次郎も抜刀した。剣と剣がかちあい火花が飛んだ。浪人は続けざまに攻撃を仕掛けた。栄次郎は相手の剣を跳ね返しながら浪人を追いつめる。

攻撃をやめた浪人は肩で息をした。栄次郎は剣を鞘に納めた。浪人が苦し紛れに強引に上段に構えて突進してきた。

栄次郎も剣を抜いた。今度は浪人は避けることは出来ず、栄次郎の剣は相手の胴を払った。

うめき声を発し、浪人はその場にくずおれた。

「峰打ちです。ここを立ち退くのです」

片膝を立てて苦しんでいる浪人に、栄次郎は言う。

「裏口を出たら、捕り方がいます。矢内栄次郎から頼まれた。すぐ、『山形屋』に駆けつけてくれと言うのです。あなたはそのまま引き上げてください」

「矢内栄次郎どの」

「さあ、早く」

栄次郎は急かす。

浪人は腹を押さえながら立ち上がり、刀を鞘に納め、栄次郎に一礼し、裏口に向かった。それを見届けてから、栄次郎は政吉たちのほうを見た。

繁蔵が三人を圧倒していた。杢太郎も三蔵も沢五郎も腕や足などを押さえてうずくまっていた。もはや、戦意を喪失している。

「繁蔵さん。もうだいじょうぶです。どうぞ、ここからお引き取りを」

栄次郎は声をかけた。

「えっ？」

繁蔵は不思議そうな顔をした。

「もうすぐ町方が来ます」

「…………」

「さあ、早く。あとは私に任せてください」

繁蔵は迷っていたが、

「では」

と、浪人に続いて裏口から出て行った。

栄次郎は杢太郎と三蔵、沢五郎の前に立った。

「赤間一味の仕業《しわざ》に見せかけて、善右衛門さんと善之助さんを殺すつもりでしたね」

「俺たちは盗みに入っただけだ。殺しなんかしねえ」

杢太郎が言う。

「女中も仲間ですか。裏口を開け、あなたたちを手引きした」

「…………」

「沢五郎さん」

栄次郎は沢五郎に呼びかけた。

腕を押さえていた沢五郎は体をぴくりとさせた。

「あなたはここの内儀さんのお民さんとはいい仲だったそうですね。お民さんが善右衛門さんの後添いになったあともつきあいは続いていた。そうですね」

「知らねえ」

「とぼけるのですか」

「裏口の戸を開けたのは内儀さん付の女中でした。その女中は、善之助さんがやって来る日が順延になったことを知らせる文を届けに『風扇堂』に行きましたね」

「…………」

「文はお民さんが書いたものではありませんか」

「知らねえ」

「まだ、とぼけるのですか」

栄次郎は杢太郎に向かい、

「あなたは以前に赤間の繁蔵の押込みの仲間に加わったことがあるんですね。だから、赤間の繁蔵はあなたの顔を知っていた」

「…………」

「悪党は悪党らしく最後は潔《いさぎよ》いところを見せたらいかがですか」

「ちっ」

杢太郎は不貞腐《ふてくさ》れたように顔を歪め、

「やい、政吉。てめえは最初から俺をはめるつもりでおつなに近付きやがったのか」

と、政吉に怒りをぶつけた。

「妹が善之助さんと親しくなったが、俺がいるせいで認めてもらえない。そう思ったから、なんとか旦那に会ってあっしの話を聞いてもらいたいと思った。それで、『山形屋』に行ったが、門前払いを食らった。それでもめげず二度目に行ったとき、『山形屋』から女中といっしょに内儀さんが出て来た。だから、内儀さんにお願いして旦那に会わせてもらおうとしてあとをつけたんだ。そしたら、おつなさんの家に入って行ったんだ。それからしばらくして沢五郎が入って行った。もちろん、そんときは名前など知らなかったがね」

政吉は息継ぎをし、

「沢五郎が入ったあと、おつなさんと女中が出て来た。ふたりの逢瀬《おうせ》のために家を空けたんだと思った。それから、沢五郎のあとをつけて『風扇堂』を知り、李太郎さんがおつなさんを囲っていることがわかった……」

「よけいな真似をしやがって」

「俺は妹をなんとしてでも善之助さんの嫁にし、『山形屋』で暮らせるようにしたかったのだ。それで、『山形屋』を助け、恩を売ることで妹を受け入れてもらおうとしたのだ」

「ちくしょう。おめえさえ、しゃしゃり出なければなにもかもうまくいったものを」

李太郎は顔を歪めて吐き捨てた。

「善右衛門さんと善之助さんが赤間一味に殺されたあと、沢五郎がお民さんの婿に入り込むという筋書きだったのですね」

栄次郎は確かめる。

「正太って子だって俺の子どもなんだ」

沢五郎が悔しそうに言う。

「やっぱり、そうだったのか」

政吉は握り拳に力を込め、

「『山形屋』を乗っ取ろうなんて、とんでもねえ奴らだ」

と、沢五郎に殴りかかろうとした。

「やめましょう」

栄次郎は政吉の腕を押さえた。

「あとは、奉行所に任せましょう」

「ええ」

政吉は怒りを鎮《しず》めるように深呼吸をした。

善右衛門は雨戸の内側で話を一切聞いていた。

やはり正太は沢五郎とお民の間に出来た子だったのか。善右衛門は自分がとんだ道化者だったと思った。

沢五郎やお民はさぞ、この俺を腹の中で蔑《さげす》み嘲笑《あざわら》っていたことだろう。お民の口車に乗って善之助を勘当するところだった。

もし、勘当していたら、もっと早い段階で押し込んで俺は殺されていたに違いないと、善右衛門は思った。善右衛門が死んだからといって勘当した息子を店に戻すことは出来ず、あとはお民の天下だ。

勘当がだめなら、善之助を殺せばいいと襲ったが、それも失敗した。それで、今度は善之助を家に招くことを勧めたのだ。

善右衛門はそばにいた善之助に、

「お民を呼んできてくれ」

と、命じた。

「はい」

善之助は二階に行った。

しばらくして、お民がやって来た。顔から血の気が引いている。

「正太は？」

「女中が預かっています」

善之助が答えた。

善右衛門はお民に顔を向け、

「今、この雨戸の向こうで沢五郎がすべて話した」

と、切り出した。

「おまえから言うことはあるか」

「…………」

「お民。俺と善之助を殺そうとしたのだな」

「違います」

「お民。よせ」

善右衛門は首を横に振った。

「往生際をよくするのだ。好きな男といっしょだ。善之助、雨戸を開けてくれ」

「はい」

善之助が雨戸を戸袋に仕舞った。

庭に悄然と座っている三人の男。そして、栄次郎と政吉がそばに立っていた。

「沢五郎さん」

お民が思わず声をかけた。

「よし」

「お民。悔しいが俺たちの負けだ」

「そんな……」

「お民。正太はおまえの実家に預ける。幸い、乳母代わりの女中になついている。おまえがいなくても、立派に育つだろう」

　善右衛門が言う。

「なんでこんなことに」

　お民は沢五郎にしがみついて泣き崩れた。

　そのとき、いきなり沢五郎がお民を突き放し、匕首を拾って廊下にいる善右衛門に向かって突進した。

　あっと思った瞬間、政吉が善右衛門の前に立ちふさがった。沢五郎が突き付けた匕首が政吉の腹部に突き刺さる。その刹那、栄次郎の剣が沢五郎の肩を打った。匕首は沢五郎の手から落ちたが、政吉の腹部から血が滲んだ。

「兄さん」

　おゆきが悲鳴を上げた。

「政吉さん、だいじょうぶですか」

　善之助が駆け寄った。

「医者だ」

善右衛門が叫ぶ。

「私が呼んできます」

近くにいた番頭が返事をして駆けだした。

「政吉さん」

善右衛門が政吉に声をかける。善之助が政吉の傷に手拭いを当てていたが、すぐに赤く染まっていた。

「政吉さん、すまなかった」

善右衛門は政吉に頭を下げた。

「傷はそれほど深くありません。だいじょうぶです」

栄次郎が傷を見て言った。

裏口の戸が開き、新八が入って来た。

「栄次郎さん。いいですか」

新八がきいた。

「ええ、お願いします」

「わかりました」

新八が裏口に向かい、しばらくして同心を先頭に奉行所の小者たちが入って来た。

四

翌日、栄次郎は改めて『山形屋』に赴《おもむ》いた。

政吉は奥の部屋で寝ていた。傍《かたわ》らに、善之助とおゆきがいた。

「政吉さん。傷はどうですか」

栄次郎はきいた。

「心配ないそうです」

おゆきが言う。

「矢内さまが助けてくださらなければ……」

善之助が礼を言う。

だが、政吉は栄次郎に恨めしげな目を向けていた。栄次郎は政吉の覚悟をはっきり悟ることが出来た。

善右衛門が部屋に入って来た。

「矢内さま。このたびはすっかりお世話になりました」

「いえ、政吉さんのおかげです」

「はい。政吉さんには『山形屋』を助けてもらったばかりか、私の命まで救ってくれました。あのとき、政吉さんがかばってくれなければ私はどうなっていたか。どんなに感謝しても感謝しきれません」

「旦那。とんでもない」

政吉は恐縮したようにあわてて言う。

「政吉さん。あなたは死ぬ気でしたね」

栄次郎は鋭く言う。

「えっ。どういうことですか」

善之助が驚いてきいた。

「善右衛門さん。政吉さんはおゆきさんの仕合わせだけを願っていたのです。善之助さんの嫁になって『山形屋』に迎えてもらう。それが政吉さんの願いでした。でも、おゆきさんが嫁になることの障害になっているのが自分だと悟っていたのです。それで、『山形屋』の危機を知り、『山形屋』を助けたうえで自分が死ぬことで障害を取り除く。そう考えたのです。政吉さん、違いますか」

栄次郎は横になっている政吉に声をかけた。

「兄さん。そうなの？」

おゆきが涙ぐんできいた。

「俺はおめえに仕合わせになってもらいてえんだ。せっかく善之助さんというお方と巡り逢ったんだ。俺のせいで、この仕合わせを壊しちゃならねえからな」

「何言っているの。兄さんがいなかったら、私……」

「この十年、おまえは苦労してきたんだ。俺は善之助さんと会ったとき、おゆきをほんとうに仕合わせにしてくれるお方だと思ったんだ」

「政吉さん」

善右衛門が口をはさんだ。

「最初、私にお願いしようとここに訪ねて来たと言ってましたね。私に何かを言おうとしたそうですね。何を言おうとしたのか、今お伺いしましょう」

「旦那」

政吉は目を輝かせた。

「聞いていただけますか」

「もちろんです」

「おゆき。起こしてくれ」

政吉が体を起こそうとした。

「兄さん、無理よ」

「だいじょうぶだ」

「私が」

善之助が政吉の肩を抱えて起こした。政吉は傷が痛むのか顔を歪めたが、

「すまねえ」

と、ふとんの上に座り直した。

「旦那。『山形屋』の御曹司の善之助さんとおゆきでは身分が違うことはわかっております。でも、おゆきはもともと商家の娘でした。十年前にあることから店は人手に渡りましたが、それまではれっきとした……」

政吉は痛みが走ったのか顔を歪めた。

「あんなことさえなければ、私もおゆきももっと違った生き方があったんです。でも、不幸が襲って」

「何があったんですか」

「私たちは麴町《こうじまち》にあった蠟燭《ろうそく》問屋『近江屋《おうみや》』の伜と娘です。十年前、赤間一味が押し込み、父と母を殺し、土蔵から二千両を盗んで行きました」

赤間一味と、栄次郎は聞きとがめた。

「その後、『近江屋』は親戚の者が入ってきて、私たちを追い出したんです。その『近江屋』も今はありません。親戚のものが食いつぶしてしまったんです。昔『近江屋』に奉公していた女中の実家の世話で花川戸の家で暮らしながら、いつか『近江屋』を再興させようと頑張ってきたのですが、うまくいきませんでした。もう再興など無理だと諦めかかったときに、おゆきと善之助さんが巡り合ったのです。おゆきも商家の娘です。父と母の厳しい躾《しつ》けで育ってきました。けっして、いかがわしい女でないことをわかっていただきたかったのです」

「そうですか。おふたりは『近江屋』さんの……」

善右衛門が目を細め、

「『近江屋』さんの噂は聞いておりました」

善右衛門は頷き、

「政吉さん。おゆきさんは善之助にはもったいないほどの娘さんです。私から乞うてでも、善之助の嫁にしたいと思っています」

「ほんとうですか。ありがとうございます」

政吉は手をついて頭を下げた。

「兄さん、ありがとう」

「おゆき、よかったな。これで俺も安心だ」

「政吉さん」

善右衛門が真顔になって、

「私も『近江屋』再興のお力になりますよ」

と、声をかけた。

「ありがとうございます」

政吉は礼を言ったあとで、また顔をしかめた。

「横になってください」

善之助が手を貸し、政吉を横にさせた。

「矢内さま。これもみな矢内さまのおかげです」

善右衛門が栄次郎に頭を下げた。

「いえ、私は……」

「矢内さま。ほんとうにありがとうございました。昨夜、新八さんからお話をお伺いしました。新八さんにも命を助けていただき、みなさまのお力で……」

「なによりうまくいってよかった」

そう言って微笑んだが、栄次郎にはまだやり残したことがあった。

番頭が呼びに来て善右衛門が部屋を出て行ったあと、栄次郎は善之助とおゆきに顔を向け、

「政吉さんと少しお話がしたいのですが」

と、切り出した。

「わかりました。では、私たちは座を外しましょう」

善之助が気を利かしてくれた。

「すみません」

「いえ」

善之助とおゆきは部屋を出て行った。

政吉とふたりきりになって、栄次郎は政吉の枕元に移動した。

「政吉さん」

栄次郎は呼びかける。

「あなたのふた親は赤間一味に殺されたのですね」

「そうです」

「さっき、あなたは『近江屋』の再興のために頑張ってきたが、うまくいかなかった

と言いましたね。『近江屋』の再興を諦めたのですか」

「いえ、諦めたわけではありませんが、難しいと思い知らされました」

「難しいと思い知ったあと、あなたはどうしたのですか」

「………」

「政吉さん。ひょっとして、あなたは赤間の繁蔵を探そうとしたんじゃありませんか」

「………」

「そうなんですね」

「ええ。『近江屋』の再興が難しいとわかったときから、忘れていた赤間一味に対する怒りが沸き起こってきました。それで、盛り場や賭場などを歩き回り、裏稼業の者がいたら近付き、赤間一味の手掛かりを摑もうとしていたんです。そして、『風扇堂』の李太郎が赤間一味だったことを知ることになったのですが、李太郎から赤間の繁蔵の手掛かりは得られませんでした。でも……」

政吉はふと息を吐き、

「ゆうべ、赤間の繁蔵が現れました。李太郎が赤間一味を騙って押し込むことを、どうして繁蔵は知ったんでしょうか」

「誰か気づきませんでしたか」

「…………」

政吉は目を見開き、

「声を作っていましたが、幸兵衛の旦那の声に似ていました。体つきも……」

「そうです。幸兵衛さんですよ。幸兵衛さんが赤間の繁蔵に違いありません」

「まさか」

政吉は唖然とした。

「初め、幸兵衛さんのほうからあなたに声をかけてきたそうですね」

「そうです。借金の取り立てをしてもらう者を探しているというので。でも、そんな偶然がありましょうか。私が探している相手が向こうからやって来るなんて」

「偶然ではありません」

「えっ？」

「偶然ではなく、幸兵衛さんは赤間の繁蔵を探しているあなただからこそ会いに行ったのだと思います」

「なぜですか」

「おそらく、あなたが『近江屋』の身内と知って近付いたのだと思います」

「良心の呵責《かしゃく》かもしれません。あなた方を不幸にしたことの……」

「なんのために？」

「でも、信じられません。幸兵衛の旦那はやさしいお方です。金貸しをしていますが、儲けのためではありません。困っているひとを助けてやりたい。そういう思いからなのです。私は借金の取り立てに行きますが、相手が困っていたら猶予します。遊んで返せないとか、わざと踏み倒すということでない限り、さらに返済期限を延ばしています。善之助さんが一度、左官屋の銀蔵のおかみさんに金を貸すとき、心配していました。その金も銀蔵が博打に使ってしまい、期限が来ても返せないのではないか。そのとき、女が金を稼ぐ最後の手立ては決まっています。おさんというおかみさんがゆくゆくは苦界《くがい》に身を沈めるようになるのではないかと。善之助さんはそんな心配をしていましたが、旦那はそんなことはしません。仮に、銀蔵が借り金を無駄に使ったら、厳しく取り立てをして銀蔵を追いつめ、改心させる。もし、やり直す気持ちが見えたら期限を延ばす。もし、銀蔵に改悛の情が見られなければ、一時的におさんさんをどこかに移し、銀蔵を懲らしめる。そうやって、相手の立ち直りを応援するのが旦那のやり方です。赤間の繁蔵とは正反対のお方です」

政吉は力説した。

「そうですか」

栄次郎は首を傾げた。確かに、残虐非道な赤間の繁蔵の振舞いからは想像が出来ない。では、幸兵衛は赤間の繁蔵ではないのか。

そう思いはしたが、やはり幸兵衛は赤間の繁蔵だという思いを拭うことは出来なかった。政吉はふと思い出したように、

「それから幸兵衛さんは毎日、亡くなったおかみさんの位牌に手を合わせ、押上村《おしあげむら》の寺にあるお墓にお参りをしています。善之助さんのことを頼んだときも快く雇ってくれました。私にはホトケのようなお方です」

「ホトケですか」

政吉は素直な気持ちを吐露しているとわかった。だが、ホトケと聞いて、栄次郎はますます確信を強めた。

幸兵衛が赤間の繁蔵であることを。

五

春の暖かい陽射しが大川に浮かぶ屋根船や帆掛け舟にも注ぎ、隅田堤の桜も芽吹き

そうだ。

栄次郎は吾妻橋を渡って本所石原町にやって来た。

幸兵衛の店は雨戸が閉まっていた。栄次郎は潜り戸を叩いた。

しばらくして、戸が開き、幸兵衛が顔を出した。栄次郎だと気づくと、黙って中に引き入れた。

栄次郎がやって来ることを予期していたようだ。

幸兵衛は部屋に案内をし、障子を開けた。庭からさわやかな風が入り込んできた。

部屋の真ん中で差し向かいになる。

「私が来ることがわかっていらっしゃったようですね」

栄次郎は切り出した。

「ええ」

幸兵衛は微かに口許に笑みを浮かべた。

「あなたは赤間の繁蔵ですね」

「いえ」

「では、『山形屋』に現れたのはあなたではないと?」

「あれは私です。政吉が危ない目に遭うかもしれないと思うとじっとしていられなくて、赤間の繁蔵と名乗って『山形屋』に乗り込んだのです」

「あくまでも幸兵衛さんとしてですか」

「そうです」

「幸兵衛さんは政吉さんがどういう家の生まれかご存じでしたか」

「いえ」

「麴町にあった蠟燭問屋『近江屋』の跡取りだそうです」

「…………」

「『近江屋』は十年前、赤間一味に押し込まれたそうです。そのとき、政吉さんのふた親が殺された。その後、『近江屋』に入り込んだ親戚の者に騙され、政吉さんとおゆきさんは追い出されたそうです」

幸兵衛の表情は曇った。

「幸兵衛さん、ほんとうはご存じだったのではありませんか。だから、あなたは政吉さんとおゆきさんの面倒を見た」

「赤間の繁蔵ならそんなことはしませんよ」

「罪滅ぼしではありませんか」

「赤間の繁蔵に罪滅ばしなぞ、似つかわしく思いませんが」

「おかみさんがお亡くなりに?」

急に、栄次郎は話題を変えた。

「ええ」

「いつですか」

「三年前です」

「三年前というと、佐賀町にあった『倉田屋』の主人と番頭が死んだ火事があった年ですね」

「………」

「おかみさんが亡くなったのと火事はどっちが早かったのでしょうか」

「矢内さま、何が仰りたいのでしょうか」

幸兵衛が口をはさんだ。

「私は赤間の繁蔵が押込みをやめた理由をおかみさんの死がきっかけだったと思ったのです。押込み先でさんざんひとの命を奪っておきながら、じぶんのかみさんの死で押込みをやめるというのは何か身勝手な気がしますが……」

栄次郎はさらに続ける。

「私は『倉田屋』の主人と番頭は赤間の繁蔵の子分だったと思っています。そして、逃げ後れて焼け死んだのではない。火事でも逃げられなかったのだと」

「…………」

「あの夜、『倉田屋』に来訪者があった。赤間の繁蔵です。おかみさんを亡くした繁蔵は押込みをやめようとして『倉田屋』を訪れた。だが、ふたりは反対した。自分たちだけでも続けると言い放った。そう想像してみたのですが、いかがでしょうか」

栄次郎は確かめてから、

「話し合いは決裂した。そのとき、火事が起きたのです。外を見ると、目の前に炎が上がっている。逃げようとなったとき、繁蔵はとっさにあることを考え、行動に移した。ふたりの子分を殴り、気絶させたのです。そして繁蔵は逃げ、焼け跡からふたりの焼死体が見つかった。現場に赤い煙管を残していたのは死んだのが赤間の繁蔵だと思わせる狙いがあったのかもしれません」

栄次郎は幸兵衛を見た。幸兵衛も睨み返した。

だが、幸兵衛が先に目を逸らした。そして、俯いた。栄次郎は待った。

やがて、幸兵衛は顔を上げた。

「ちょっと違うところがあります」

幸兵衛は切り出した。

「押込みをやめることで言い合いになったのはほんとうです。ふたりは押込みを続けると言いました。信じていただけるかどうかわかりませんが、押込み先でひとを殺してきたのは子分のふたりでした。もちろん、それを黙って見過ごしてきた私にも責任はあります。ですが、ふたりが押込みを続けることはまた死人が出ることになります。だから、火事が起きたのを利用してふたりを殺したのです」

「赤間の繁蔵だと認めるのですね」

「そうです。矢内さまの推察どおりです。家内が亡くなったあと、生きる張り合いがなくなりましてね。私が赤間の繁蔵だと知りもしません。家内を知ってからだんだん押込みのあと、虚しさに襲われるようになったのです。足を洗おうとしたとき、家内が倒れたのです。それからは家内の薬代を稼ぐために押込みを続けたとも言えます」

　幸兵衛は深くため息をつき、

「金貸しをするようになったのは、盗んだ金を困っているひとのために使おうと思いましてね。子分ふたりの分も合わせて、貸し出しをはじめたのです。そんなとき、赤間の繁蔵を探している男がいると風の噂に聞きました。それでこっちもその男を探しました。それが政吉さんでした」

　幸兵衛は少し長い間を置き、

「政吉さんが十年前に押し込んだ『近江屋』の仲で、『近江屋』がなくなったことを知り、胸が張り裂けそうになりました。だから、陰から支えてやろうとしたのです」

「よくお話ししてくださいました」

「そろそろ年貢の納め時だと覚悟をしていました」

幸兵衛ははかない笑みを浮かべ、

「家内も寂しがっているでしょうから、ちょうどいい潮時かもしれません」

と、静かに言った。

「幸兵衛さん」

栄次郎はやや声を高めた。

「私は奉行所の者ではありません。それに、あなたが赤間の繁蔵であるという証は何一つないのです。『倉田屋』の主人と番頭が赤間の繁蔵の子分だったという証はなく、ふたりは酔いつぶれて逃げ後れたと見なされているのです。それを、いまさらくつがえすような証が見つかるとは思いません」

「矢内さま」

幸兵衛が驚いたように目を見開いた。

「赤間の繁蔵が捕まってお裁きを受けるより、幸兵衛さんが困っているひとたちのためにお金を貸してあげるほうが世の中にとって有益ではないでしょうか」

「では、私をお見逃しに？」

「政吉さんが言ってました。困っているひとたちのために金貸しをしている幸兵衛さんは赤間の繁蔵と正反対のひとだと」

「…………」

しばらく黙っていたが、ようやく幸兵衛は深呼吸をしてから、

「政吉さんはこれからどうなりますか」

と、きいた。

「善右衛門さんが『近江屋』の再興に力を貸すと仰っています。しばらく、『山形屋』で奉公し、修行を積んで、その上で『近江屋』を再興するのではないでしょうか。最初は小さな店からはじめていけばいいと思います」

「それはよかった。で、善之助さんとおゆきさんは？」

「『山形屋』に迎えられます。きょうにも挨拶にくるのではありませんか」

「そうですか」

「ひとつお願いがあります」

栄次郎は口調を改めた。

「なんでしょうか」

「私が最近知り合ったご浪人の妻女が病で臥せっていて、薬代が足りないようなのです。もしよろしければ、こちらで相談するように話してみたいのですが」

「もちろん」

幸兵衛は笑みを浮かべ、

「矢内さま。このとおりでございます」

と、深々と頭を下げた。


その夜、お秋の家で崎田孫兵衛と会った。

「栄次郎どの、よくやってくれた。これで『山形屋』の善右衛門に顔が立った」

孫兵衛は満足そうに言う。

「それより、杢太郎やお民の様子はいかがでしょうか」

「すっかり観念しているようだ。ただ、仲間に松木《まつき》という浪人がいたと言っていた」

浪人の名が松木だとはじめて知った。

「崎田さま。松木という浪人は騙されて仲間にされそうになっただけなのです。どうか、そのことを」

『山形屋』に駆けつけた同心にもその話をしてあった。

「わかっている。心配するな」

「はい」

「三人はどうなりましょうか」

「まあ、杢太郎は死罪だろう。三蔵と沢五郎は遠島か」

「お民は?」

「可哀そうだが、遠島だろう」

「子どもと離ればなれになりますね」

「お民はつらかろうが、子どもはお民の実家に引き取られることになった。乳母代わりの女中がついているので心配なかろう」

「あの女中にはお咎めはないのですね」

「お民が命令に従っていただけだとかばっていたそうだ」

孫兵衛は急に顔を綻ばせ、

「さあ、栄次郎どの。今夜はつきあってもらう。よいな」

「わかりました」

「よし。お秋、酒だ」

孫兵衛は上機嫌で手を叩いた。

久しぶりにうまい酒が呑める。栄次郎も思わず笑みを漏らしていた。

翌日、栄次郎は三ノ輪の先の百姓家に向かった。春の陽が田圃に降り注いで、そよ風が心地よかった。

下谷竜泉寺町の長屋を訪ねたが、松木という浪人は出かけたあとだった。妻女のところかもしれないので、栄次郎は百姓家の離れにやって来たのだ。

百姓家の母屋の主人に断り、離れに向かった。障子が開け放たれて、ふとんの上に起き上がっている妻女の姿が見えた。痩せて、青白い顔をしている。

栄次郎は庭先に立って、

「矢内栄次郎と申します。松木さんはこちらでは？」

と、訊ねた。

「さっき八丁堀のお方が」

「えっ？　八丁堀？」

「うちのひとが何かしたのでしょうか」

妻女は不安そうにきいた。

「そうじゃありません。同心の旦那が何かの参考のために教えてもらいたことがあったのでしょう。すぐ帰ってくると思いますが、ちょっと迎えに行ってみます」

不安になって、栄次郎は自身番に向かった。

だが、いくらも歩かないうちに、前方から松木という浪人がやって来るのが目に入った。松木も栄次郎に気づいて近付いてきた。

「あなたは……」

「今、ご妻女どのから聞きました。何か」

「『風扇堂』の杢太郎が私の名を出したので確かめにきただけだそうです。矢内どのがいろいろ口添えしてくださったようですね。かたじけない」

「いえ。それより、ちょっとお耳に入れておこうと思いまして」

「何をでござるか」

「はい。本所石原町に幸兵衛という男が金貸しの店を開いています。この幸兵衛は困ったひとにお金を貸し出しているのですが、ホトケのような主人なのです。ご妻女どのの薬代を借りに行ったらどうかと思いましてね」

「金を借りても返す当てがない」

松木は自嘲ぎみに言う。

「そのことも考えてくれるはずです。ぜひ、一度訪ねてみてください」

「矢内どの、何から何まで。このとおりだ」

松木は深々と頭を下げた。

「さあ、ご妻女どのが心配なさっているでしょうから早く帰ってあげてください」

「かたじけない。では」

百姓家の離れに向かう松木と別れ、栄次郎は入谷田圃を突っ切り、新堀川沿いを行き、田原町に向かった。

『山形屋』に着いたとき、善之助とおゆきが出て来たところだった。

「お出掛けですか」

栄次郎はきいた。

「はい。長屋にいったん帰って、大家さんや皆さまにご挨拶を。それから幸兵衛さんのところにも」

善之助がいきいきとした声で言った。

「政吉さんの様子は？」

「だいぶいいようです。今もいっしょに行くと言うのを無理しないでとなだめてきたところです」

おゆきは美しさに一段と磨きがかかったようだった。

「それはよかった。では、これから政吉さんに会ってきます」

ふたりを見送って、栄次郎は『山形屋』の戸口に立ち、いつもの女中の案内で政吉の部屋に向かった。

ふと、内庭の向こうの部屋に善右衛門がひとりぽつねんとしていた。

「あの部屋はひょっとして？」

「はい。内儀さんの部屋です」

お民を失い、善右衛門が気落ちしているのだと思った。今、善右衛門は善之助とおゆきを迎えた喜びの一方で、お民と正太を失った寂しさと悲しみと闘っているのだと思った。

時代小説

二見時代小説文庫

赤《あか》い布《ぬの》の盗賊《とうぞく》 栄次郎江戸暦《えいじろうえどごよみ》21

著者 小杉健治《こすぎけんじ》

発行所 株式会社 二見書房
東京都千代田区神田三崎町二-一八-一一
電話 〇三-三五一五-二三一一 [営業]
〇三-三五一五-二三一三 [編集]
振替 〇〇一七〇-四-二六三九

印刷 株式会社 堀内印刷所
製本 株式会社 村上製本所

落丁・乱丁本はお取り替えいたします。
定価は、カバーに表示してあります。

 ISBN978-4-576-19010-5
https://www.futami.co.jp/

氷月 葵

御庭番の二代目 シリーズ

将軍直属の「御庭番」宮地家の若き二代目加門。
盟友と合力して江戸に降りかかる闇と闘う！

以下続刊

①将軍の跡継ぎ
②藩主の乱
③上様の笠
④首狙い
⑤老中の深謀
⑥御落胤の槍
⑦新しき将軍
⑧十万石の新大名
⑨上に立つ者

婿殿は山同心

完結

①世直し隠し剣
②首吊り志願
③けんか大名

公事宿 裏始末

完結

①公《く》事《じ》宿《やど》 裏始末 火車廻る
②公事宿 裏始末 気炎立つ
③公事宿 裏始末 濡れ衣奉行
④公事宿 裏始末 孤月の剣
⑤公事宿 裏始末 追っ手討ち

二見時代小説文庫